나의 영계의 사람들께 무한한 감사와 사랑을 드립니다.

블로그를 통해 질문을 해오고 출간을 결심하도록 용기를 주신 독자분들과 책이 나오도록 도움을 주신 출판 관계자분들에게 이 글을 통해 감사의 말씀을 전합니다. 그리고 그 외의 도움을 준 이들에게 감사를 표합니다.

지구가 품은 비밀 1권

초판 1쇄 인쇄일 2014년 10월 22일
초판 1쇄 발행일 2014년 10월 27일

지은이 올티에
펴낸이 양옥매
표지 디자인 이윤경
내지 디자인 신지현

펴낸곳 도서출판 책과나무
출판등록 제2012-000376
주소 서울특별시 마포구 월드컵북로 44길 37 천지빌딩 3층
대표전화 02.372.1537 **팩스** 02.372.1538
이메일 booknamu2007@naver.com
홈페이지 www.booknamu.com
ISBN 979-11-85609-80-5 (03810)

이 도서의 국립중앙도서관 출판시도서목록(CIP)은 서지정보유통지원 시스템
홈페이지(http://seoji.nl.go.kr)와 국가자료공동목록시스템
(http://www.nl.go.kr/kolisnet)에서 이용하실 수 있습니다.
(CIP제어번호 : CIP2014030255)

지구가 품은 비밀

올티에 지음

여러 은하를 지나 온 한 빛이 내게로 왔다. 그 빛은 하나이며 집합체였고, 인간의 형체는 아니었다. 그리고 자동서기나 텔레파시 등을 통해 채널링이 시작되었다. 그것은 이미 예정되어 있던 일이었다. 그 빛에는 이름과 명칭이 따로 있었으나, 나는 그 전체나 일부를 '영계의 사람'이라 부르기로 했다.

내가 글에서 '영계의 사람'이라고 칭하지만, 사실 그것이 그의 이름은 아니다. 별에서 살아 있는 사람은 현실계 사람과 영계의 사람으로 나뉘고, 그 둘을 잇고 있는 것이 바로 '이음줄'이다. 현실계 사람이 살아 있다는 것은 이 이음줄이 연결되어 있음을 뜻한다.

여러분들에게는 이 이음줄이 달려 있고, 그 끝에 각자의 영계의 사람이 있다. 마찬가지로 나도 이음줄과 나의 영계의 사람이 있다. 그러나 글을 쓰기 위해 내가 선택하고 상대가 응낙해서 채널링 하게 된 사람은 따로 있어, 그를 내 영계의 사람과 구분하기 위해 작은따옴표를 덧씌워서 쓰기도 하였다.

높은 차원에 있는 그들 전체나 일부와의 채널링은 강한 에너지로 인해 힘들 때가 많았기에, 나는 그들 중 일부인 영체와 주로 채널링하며 단계를 많이 낮추어 줄 것을 청했다. 그러다 2011년에 블로그를 열고 채널링한 글을 싣기 시작했는데, 이번에 출간하는 〈지구가 품은 비밀〉은 그중 한 부분이다.

영계의 사람과 나의 원래 영계의 사람에게 듣는 우주와 여러 영계 이야기는 너무도 놀라웠고 방대했다. 나는 채널링 기회가 주어졌을 때 그들로부터 얻은 정보를 세상 사람들과 나누고 싶었다. 또, 블로그 독자들도 함께 참여할 수 있는 방식을 원했다. 이것은 원래의 사명 외의 것이었으므로 나의 두 영계의 사람의 특별한 허락이 필요했고, 그들은 감사하게도 모두 허락해 주셨다. 이런 일을 하는 것에 대해 미리 알고 계셨느냐고 얼마 전에 질문했더니, 그들은 내가 세상에 태어나기 전부터 이미 알고 있던 일이라고 답했다.

그들은 말하는 방식이 다르다. 말에는 겉의 말과 안의 말이 따로 있고, 어느 때는 말 대신 압축된 영상을 전하기도 하고, 또 진동을 일으켜서 말을 했을 때는 '그래서 말했다'를 뒤에 붙이기도 한다. 그래서 그들과 대화 때는 그들의 방식에 따라 할 때도 있다.

1차로 옮겨 쓰고, 블로그에 올리거나 이 책을 적을 때는 너무 어려운 이야기이거나 혹은 세상에 밝혀져서는 안 될 영계의 일이기 때문에 일부러 빠트리는 부분이 간혹 있다. 여기도 사이사이 어려운 얘기가 있고 어색한 부분도 있긴 하지만, '영계의 사람'의 말을 듣고 그대로 옮겼음을 밝혀 둔다. 또한 이 대화록에서 '영'은 '영계의 사람'을, '올'은 필자인 '올티에'를, 그리고 '독'은 '독자'의 준말임을 밝힌다.

목차

지
구
가
품
은
비
밀

1

이집트 기자 피라미드의 비밀

올 : 이집트 기자 3대 피라미드의 축조 위치가 별자리와 관련 있나요?
     그 당시 이집트인의 생각에요.

영 : 그래, 그 사람들 생각에 그랬다.

올 : 오리온 별자리요?

영 : 그래.

올 : 그렇게 한 이유가 있나요?

영 : 아니, 그 이집트 사람의 생각이다.

올 : 위치를 그렇게 설정해야 할 이유가 무엇이었을까요?

영 : 별자리?

올 : 네, 오리온이요.

영 : 그들은 그것이 생명을 준다고 생각했다. 그래서 그렇게 설치했다.

올 : 얼마 전에, 3대 피라미드 위에 2737년 만에 한 번씩 온다는 금
     성, 토성, 수성이 나란히 있었어요. 그들은 그런 일이 생긴다는
     것을 알고 있었을까요?

영 : 알고 있었다. 그러나 그건 관련이 아니다.

올 : 하지만 어떻게, 그렇게 피라미드 위로 나란히 세 별이 위치할 수 있을까요? 우연일까요?

영 : 그건 다른 사람이 설계했다.

올 : 이집트인에게 피라미드 축조기술을 가르친 사람인가요?

영 : 그래, 그들은 지구인이 아니다.

올 : 역시 그랬군요. 그들은 지구에 호의적인 인류에 속하나요?

영 : 그들은 호의적이다.

올 : 그렇다면 그들은 종말을 암시하여, 지구인들이 비밀을 풀어 벗어나도록 도움을 주려 한 것인가요?

영 : 아니. 그건 다른 얘기다.

올 : 피라미드에도 종말이 예고되어 있다고 하셨지요? 다만 날짜가 틀리다고 하셨고요.

영 : 그래, 그리고 그건 이미 말했다.

올 : 네, 그것과 관련하여 〈혼령들의 세계 들여다보기〉에도 썼었지요. 마야에는 '인구 증가'로 인한 종말이 적혀 있지만, 대 피라미드에는 원인은 없고 결과만 있다고 하셨어요.

영 : 그래.

올 : 쿠푸왕의 정치는 악마와 같은 정치였다는 설이 있고, 생전에 국민에게 사랑을 받았었다는 설이 있다고 하네요. 외계인류에서 온 누군가가 왕에게 지구 미래를 알리려 그를 선택했다면, 그 왕은 선택을 받을 만한 것들을 갖추었을 것 같네요. 권력, 재물, 외에 현명함이나 어느 정도의 선함도 갖춘 인물이었었나요?

하지만 조금 미심쩍긴 하다. 그래도 그는 권력을 가진 왕이 아닌가.

영 : 아니. 그렇지 않다.

올 : 왜, 쿠푸왕을 선택했을까요? 나란히 뜰 금성, 토성, 수성의 위
    치 때문인가요?

영 : 아니. 그건 다른 얘기다.

    그리고 그것은 올해에 떴다.

    그리고 그것은 '많은 것'을 가지고 있다.

    그리고 '많은 것'이 이루어졌다.

    그리고 이루어진 것이 있다.

셋째 줄 '많은 것' 안의 말은 '여러 가지 있다.'이다.

올 : '많은 것'의 안의 말 중에, '여러 가지' 중에서 알려도 될 말이 있
    나요?

영 : 그래, 얘기해도 된다.

올 : 들을게요.

영 : 많은 것 중에서 여러 가지는 '이렇게' 되어 있다.

올 : '이렇게' 안의 말은요?

영 : 그것은 얘기하면 된다.

올 : 들을게요.

영 : 지구인의 미래와 관련한 암시이다.

올 : 그리고요?

영 : 지구인의 미래는 '이렇게' 되어 있다.

올 : '이렇게' 안의 것은요?

영 : 종말에 관한 것이다.

올 : 마야에서는 '인구 증가'를 써 놓았지만, 이들은 왜 써 놓지 않았
을까요?

영 : 그들은 그것을 알지 못했다.

올 : 혹시 '여러 가지'에 대해서 더 알려 주어도 되는 것이 있나요?

영 : 얘기하면 된다. 그렇지만 쓰면 안 된다.

올 : 그렇다면 넷째 줄 '많은 것' 안의 말은 무엇인가요?

영 : 그것은 이미 이루어진 것, 인구 증가와 많은 것들.

올 : '인구 증가'라고 했지만 종말로 가는 진행을 말한 것이지, 그들은
모르는 원인인가요?

영 : 그래, 그들은 그냥 방향만 정해 놓았다.

올 : 지구인의 멸망이요?

영 : 그래, 그리고 종말.

올 : 그렇군요. 다섯째 줄, '것'에도 '방향의 과정'과 '또 다른 많은 것
중의 일부'라는 것이 들어 있나요?

영 : 그래, 그리고 비슷하다.

올 : 그들이 쿠푸왕을 선택한 이유가 있을까요?

영 : 그것은 그때 선택한 이유였다.

올 : 좀 더 알려 줄 수 있으세요?

영 : 쿠푸왕이 있을 때, 별이 떴다.

올 : 오리온이요? 아니면 또 다른 세 별이요?

그는 '또 다른 세 별'에 동그라미를 그려 표시했다.

올 : 그래서 피라미드를 설치할 정확한 위치를 알 수 있던 것일까요?

영 : 그래, 그렇지만 그것이 아니어도 쓸 수 있었다.

올 : 쿠푸왕의 아들과 손자까지 나란히 쓰게 한 이유도 그것일까요?

영 : 그래. 그래서 그렇게 정했다. 아들과 손자도 쓰라고.

올 : 쿠푸왕에게 이유를 제대로 가르쳐 주지는 않았을 것 같은데요.
　　 그런가요?

영 : 인류의 비밀을 넣은 것?

올 : 네.

영 : 그래, 그리고 다른 것도 가르쳐 주지 않았다.

올 : 다른 별들과 관련한 것이요?

영 : 그래.

올 : 그들은 오리온 별자리에 관한 것만 알았군요?

영 : 그래.

올 : 그들은 왜, 지구에 왔었나요?

영 : 그들은 지구에 알려 주러 왔다.
　　 호의적인 이유로 왔다.

올 : 그들은 그 별의 현실계 사람이 아닌 다른 누군가가 보내서 온 것
　　 이었나요?

영 : 아니.

올 : 현실계 사람 스스로 정해서 온 것이라고요?

영 : 그래.

올 : 그들은 전에도 지구에 왔었을까요?

영 : 아니.

올 : 그 후에는요?

영 : 아니.

올 : 그들의 과거, 누구든 지구에 왔던 사람들이 있었나요?

영 : 아니.

올 : 그들 인류는 영격이 조금 더 높은 인류였던 것 같은데요. 그런가요?

영 : 그래.

올 : 지구인보다 많이요?

영 : 그래, 아주 많이.

올 : 그렇군요. 그 인류는 지구의 다른 곳에도 피라미드 축조기술을 가르쳐 주었을까요?

영 : 그들 인류 중 누군가가?

올 : 네. 피라미드는 그곳에만 있는 게 아니고, 형태가 조금 다르긴 해도 한국의 옛 땅에도 있으니까요. 비슷한 형태는 세계 다른 나라에서도 발견되었고요.

영 : 그래.

올 : 가르쳐 주었나요?

영 : 아니.

올 : 그렇다면 이집트의 쿠푸왕 때뿐이었어요?

영 : 그래.

올 : 다른 피라미드에 대해서도 다음에 언제 알려 줄 수 있겠어요?

영 : 그래.

올 : 고마워요. 그렇다면 대 피라미드의 돌의 개수가 의미하는 것이 있나요?

영 : 아니.

올 : 꼭대기에 금으로 만든 피라미드석이 있었는데, 도난당했대요.
　　그 피라미드석이 의미하는 것이 있었나요?

영 : 아니.

올 : 외계인류가 알리려 한 것이 피라미드들의 위치 외에 피라미드 내
　　부에도 있었나요?

영 : 아니, 내부엔 아냐.

올 : 피라미드는 그들 외계인류들이 사용하던 방법인가요?

영 : 아니.

올 : 그렇군요. 그럼 금성, 토성, 수성이 오는 2012년에 종말이 온다
　　고 한 것인가요, 아니면 2012년에 선을 넘는다고 (인구 증가가 - 그
　　들은 몰랐지만) 알린 것일까요?

영 : 아니, 2012년이 아닌 별이 뜨는 이후.

올 : 별이 떴으니 시작된 것인가요?

영 : 아니, 이미 시작되어 있다.

올 : 그러게요. 지구의 미래에 대해 여러 별에서 관심을 가져 주었었
　　네요. 호의적인 인류들이요. 하지만 그들과 다른 악의적인 인류
　　도 있었음을, 지구인들은 주의해야겠네요. 앞으로는 둘 다 더 접
　　할 가능성이 더 있을까요?

영 : 그래.

올 : 기자의 피라미드에 대해 알려 주어서 고마워요. 얘기 마쳐도 될
　　까요?

영 : 마쳐도 된다.

2012. 12. 22.

〈독자와의 대화〉

독 : 마야인들에게 온 외계인류는 종말의 원인이 인구 증가라는 것을
알았고 피라미드의 외계인류는 몰랐지만, 마야의 외계인류들조
차도 인구 증가가 왜 종말의 원인이 되는지에 대해서는 몰랐다
는 말씀이시죠? 영격이 지구인보다 아주 높다고 하셨는데 그래
도 몰랐다니…….

올 : 인구 증가가 종말의 원인이 된다는 것은 다른 별들의 사람도 그
렇게 알기 어려운 일이었어요. 지구인과 조상이 같은 별(지구 최
초인류가 온 별에서 다른 별로 간 사람들의 후손들이 사는 별)에서 온 여
인도 지구인의 퇴보 이유를 다른 것으로만 알고 있었어요. 영혼
이 어디서 오는지, 어떻게 오는지, 인구 증가로 그 별에 속해 있
는 영혼의 수를 넘어서면 어떤 일이 생기는지 등등을 알 수가 없
었던 것이지요. 마야인들에게 온 외계인들은 종말의 원인이 인
구 증가임을 알고 알려 준 것이지만, 그들도 영혼들의 일은 알
지 못했으니 인구 증가가 왜 위험한지에 대한 진정한 이유는 몰
랐던 것이죠.

독 : 휴거(携擧: 예수가 세상을 심판하기 위해 재림할 때 구원받는 사람을 공중
으로 들어 올리는 것으로 알려져 있다) 때, 살아남는 방법이 있을까요?
아니면 선택되어지나요?

올 : 휴거 때 살아남는 방법은 선택되어지도록 사는 것입니다.

2

모아이 거인석상과 이스터 섬의 비밀

올 : 이스터 섬의 모아이 거인석상을 만든 것은 섬 주민이었나요?

영 : 아니, 그것이 아니다.

올 : 거인석을 만드는 것과 옮겨 묻는 것에 주민들이 참여한 것이 있 었나요?

영 : 아니, 그런 것이 아니다.

올 : 이스터 섬의 모아이 석상에 대한 비밀을 알기 위해서는 어떤 질 문이 적당할까요? 이스터 섬의 모아이 석상에 대한 비밀을 알려 면요.

영 : 이스터 섬의 석상을 왜, 누가 만들었는지 질문하면 된다.

올 : 이스터 섬의 석상을 누가 만들었나요?

영 : 그것을 만든 것은 지구인이 아니다.

올 : 그렇다면 그것을 만든 사람은 〈혼령들의 세계 들여다보기〉에서 언급했던 인류 중에 있나요? 만든 사람이요.

영 : 아니, 거기엔 없다.

올 : 그들은 그것이 지구 방문의 처음이었나요?

영 : 아니, 또 다녀갔었다.

올 : 그 섬에만요?

영 : 아니, 다른 곳에도 다녀갔었다.

올 : 만든 의도는 무엇일까요?

영 : 그들의 의도?

올 : 네, 그들의 의도요.

영 : 그들은 지구인에게 '마음'을 가지고 있다.

'마음'의 안의 말에는 '침략의'라는 단어가 담겨 있다.

올 : 그들은 영성이 발달하지 못하고 과학만 발달한 사람들이었나요?

영 : 그래, 그렇게 되었다.

올 : 그런 침략의 의도로 석상을 만들었을까요?

영 : 그래.

올 : 그들이 생각한 석상의 역할은 무엇이었을까요?

영 : 그들이 생각한 이스터 석상의 의도는 많은 것을 가지고 있었다.

올 : 석상의 의도 중 뚜렷한 것은 무엇이었을까요?

영 : 그들이 생각한 석상의 의도는 '무엇이' 있었다.

'무엇이'의 안의 말은 '많은 것이 있다'이며, '많은 것'의 안의 말은 '석상은 많은 것을 가지고 있다.'이다.

올 : 석상이 가지고 있는 많은 것은 무엇인가요?

영 : 석상은 많은 것을 가지고 있다.

올 : 그중에서 알려 준다면요?

영 : 석상은 '<u>무엇</u>'을 가지고 있다.

올 : '무엇'의 안의 말 중 알려 줄 것은 무엇인가요?

영 : 그것은 많은 것을 가지고 있지만, 알려 줄 것은 '<u>이것</u>'이다.

'이것'의 안의 말은 '섬의 멸종'이다.

올 : 무서운 의도였네요. 주술적인 것이 아닌 과학적인 것을 석상이
　　 가지고 있었나요?

영 : 아니, 질병이 아닌 다른 것으로 그렇게 했다.

올 : 무엇을 숨겼었나요? 석상 속에?

영 : 그래. 하지만 쥐는 아니다.

질문을 하면서 나는 사실 쥐를 생각했었다. 그래서 그는 '쥐는 아니
다.'라고 대답한 것이다.

올 : 석상은 그냥 돌 같아 보이는데요. 비밀의 장소가 석상 속에 있
　　 나요?

영 : 하지만 그런 것 아니다.

올 : 그 의도로 섬이 황폐화된 건가요?

영 : 그래. 섬이, 모든 것이 황폐화되었다.
　　 그리고 멸종되었다. 많은 것이.

올 : 그 석상으로 인해 처음 멸종되기 시작한 것은 나무였을까요?

영 : 아니' 다른 것이었다.

올 : 무엇이었는데요?

그 순간, 나는 나무 열매를 생각했다.

영 : 나무 열매 아니야.

올 : 무엇이었는데요?

영 : 사람에게 가까운 짐승들이었다.

올 : 짐승이 먼저 멸종되는 것도 그들의 의도였을까요? 아니면 우연
    히 그런 것이었을까요?

영 : 그건 그들의 속셈이 아니라 우연히 그렇게 되었다.

올 : 그런데도 살아남은 사람이 있던 것은 그들의 계산 착오였을까요?

영 : 그래, 그런 것은 인류의 끈질김 덕분이었다.

올 : 그 섬은 작은 섬인데 왜 그렇게 했을까요? 실험한 것이었을까요?
    성공하면, 다른 대륙이나 지구 전체에 하려고요?

영 : 그들의 실험계획은 그것이 전부가 아니었다.

올 : 그 후에 그들이 또 무슨 짓을 했는데요?

영 : 그들은 다른 섬에도 그런 짓을 하려 했다.

올 : 섬이 실험하기 적당해서였을까요?

영 : 그래. 그리고 열심히 노력해서 많은 것을 하려 했다.

올 : 지구 전체를 차지하는 것이요?

영 : 그래, 지구 전체.
    그러나 그런 것이 아닌 지구 대부분을 차지하는 것.

올 : 그들이 다른 섬에 그런 짓을 하려고 했다는 것은, 그만두었다는

뜻인가요?

영 : 그래, 그들은 실패를 겪었다.

그래서 그만두었다.

올 : 이스터 섬의 주민이 살아남아서요?

영 : 그래, 그래서 실패했다고 생각했다.

인간의 끈질김이 견디기 힘들다고 판단했다.

올 : 그 석상에 땅에 묻힌 부분이 있는 이유가 있을까요? 거대해서 묻

지 않아도 서 있을 것 같은데요.

영 : 아니, 그런 것은 그냥 묻은 것이 아니다.

올 : 그들이 둔 것은, 묻지 않고 그냥 두었었나요?

영 : 비슷하다.

올 : 답은요?

영 : 그들은 설치했다.

그냥 둔 것이 아니라 적당한 거리를 두고서 설치했다.

그리고 석상에서 많은 것이 나왔다.

올 : 묻은 것은 주민이었을까요?

영 : 아니, 그건 세월이 지나면서 묻혀졌다.

올 : 바다를 바라보고 서 있는 석상도 있는데, 이것의 의도는 무엇일

까요?

영 : 그건 바닷가가 아니다.

그들이 오는 것을 마중하기 위한 것이다.

올 : 하늘을 보고 누워 있는 것은요?

영 : 그건 우연히 쓰러진 것이다.

올 : 그 큰 석상을 제조한 것은 그들 별이었을까요?

영 : 아니, 지구에서 만들었다.

올 : 그 섬에서요?

영 : 비슷하다. 그러나 다른 섬에서 만들기도 했다.

올 : 어떻게 이동시켰을까요? 석상이 걸어왔다고 전해진다는데요.

영 : 주민이 알고 있는 것은 다르다.

올 : 그럼 어떻게 이동시켰을까요?

영 : 그들은 그것이 걸어가는 것처럼 보이게 했다.

올 : 거짓 영상을 보여 준 것이었을까요? 기술을 이용해서요.

영 : 비슷하다.

올 : 설명해 주실래요?

영 : 그래, 설명할 수 있다.

올 : 네, 들을게요.

영 : 그들은 과학을 이용하여 실제로 보이게 했다.

올 : 석상이 걸어가는 것처럼요?

영 : 그래. 그리고 그것은 실제로 걸었다. 그들이 보는 것으로는.

올 : 그렇군요. 주민들이 제대로 알지는 못했지만, 그들로서는 보이
는 대로 진실을 말한 것이네요. 그 석상이 아직도 위험성을 가지
고 있을까요?

영 : 아니, 그것은 세월이 지나 없어졌다. 멸종되었다, 안의 것이.

올 : 조금 더 질문해도 될까요?

영 : 그래.

올 : 모아이 석상은 그것을 만든 외계 인류의 모습을 따서 만든 것일
까요?

영 : 아니, 그건 그들과 다르다.

올 : 그들의 외모는 지구인과 같거나 흡사하게 생겼나요?

영 : 아니. 다르다.

　　　그러나 동물 모습으로 생긴 것은 아니다.

올 : 그렇다면 그들은 지구인과 많이 달랐나요?

영 : 외모?

올 : 네.

영 : 그래, 그들은 지구인과 많이 차이가 난다.

올 : 알려 주어서 고마워요. 얘기 마쳐도 될까요?

영 : 마쳐도 된다.

2012. 12. 23.

〈독자와의 대화〉

독 : 석상에서 많은 것이 나왔다는 건 방사선일까요?

올 : 방사선, 그리고 또 다른 것들이었어요.

독 : 모아이 석상에서 나온 그것은 생명체였나요? 그들에 의한 사냥이
　　있었나요? 그들이 살기 위해 한 일에 대한 사후심판을 걱정하기
　　도 하셨는데요, 그들끼리 서로를 잡아먹기도 했는지 제물로 바치
　　기도 했는지……. 도대체 어떤 일이 있었길래 그러실까 싶어요.

올 : 모아이 석상에서 나온 것은 사람의 육안으로는 보이지 않는 것들
　　이었어요. 생명체는 아니었고요. 그들이 이스터 섬의 주민들을
　　직접 사냥한 것이 아니에요. 이스터 섬의 주민들은 살기 위해 잔

혹한 짐승의 삶을 택한 것이지요. 그러나 한편으로는 그런 삶(재앙을 겪는)을 살도록 되어 있기도 했어요. 그들은 전생에 짐승그룹(영격이 아주 낮은 별들- 짐승형상의 사람들이 사는 별들)에서 살다가 환생한 사람들이었고, 이들을 불러들인 것은 지구의 출산 증가였어요. 그렇게 실타래처럼 얽혀 있는 일이었지요. 이들의 삶이 얼마나 참혹했냐면, 섬 안에서 서로를 잡아먹었어요. 당연히 약한 사람들이 먼저 희생되었고요. 살아남은 섬사람들의 후손에게는 그 별(짐승그룹)들에서 온 기유전자가 내려오게 되었지요. 서로를 잡아먹던 사람들은 모두 죽거나 살아남았겠지요. 그때의 사람들은 그 전생의 업을 지니고 다시 환생해 왔고, 예약된 악행을 행했고, 아주 낮은 영격의 사람들이니 그 삶이 나쁘게 이어(계속된 환생들)졌지요. 그러나 그들의 끈질김(서로를 잡아먹으면서도 버티는)이, 결국 실험 실패라는 결과를 가져왔어요. 그래서 모아이 석상을 설치했던 다른 별 사람들을 떠나게 만들었고, 다른 곳은 무사하게 되었지요.

독 : 그런데 혹시, 그들의 끈질김이 실험 실패를 가져왔고, 다른 곳은 무사하게 된 '결과'로 인해 사후심판에서 조금 나아진 것이 있을까요?

올 : 설명한 것보다도 더 얽혀 있지요. 너무 긴 것이 아닐까 해서 쓰지 않았던 부분이에요. 후생들이 태어나면서 다른 사람들이 겪는 고통에 대한 이야기이죠. 그 후생들은 예약된 악행을 하게 되었지요. 후생들은 지금 생의 기준으로 본다고 해도 몇 생은 더 죄의식이 별로 없을 거예요. 그러니 지금 생 이전은 그보다 더 했겠지요. 그런 사람들이 태어난 나라는 그만큼 여러 가지가 힘들

게 되지요. 결과적으로 다른 지구인들이 무사했다고 해서 그들의 죄가 덜해지는 판결이 이루어지지는 않아요. 그들은 다른 이를 위한 희생으로 지켜 낸 것이 아니에요. 잔혹함과 끈질김으로 자신들의 목숨을 구한 것뿐이니까요.

독 : 왠지 그 후손들 중에 극히 일부는 현대 시대 희대의 살인마로 명성을 떨치지 않았을까 해요.

올 : 이스터 섬 생존자의 후손이라는 이유로 그렇게 되지는 않아요. 만일 그런 살인마가 생겼다면, 그건 다른 이유가 추가된 거예요. 그래도 그 기유전자가 흐르고 집안의 대물림되는 업이 있으니, 그 업을 끊는 선행을 하는 것은 각자의 선택이지요. 그러나 후손들이 아닌 후생들은 달라요. 잔혹한 희대의 살인마가 얼마든지 나올 수 있어요.

독 : 지구의 영계에서 이스터 섬의 사건을 지켜만 봤다는 것은, 그들이 그러다 다시 돌아가리라는 것을 알고 있었으리라 생각합니다. 아니면 그 때 휴거가 일어났을지도 모르죠.

올 : 지구의 영계에서 지구인의 영혼들이나 영체들은 알고 있었지만, 그들이 무언가를 할 수 있지는 않았습니다. 일반적인 별들의 영혼이나 영체는 그런 경우에 현실계 사람을 위해 무언가 하는 것이 아닙니다. 그리고 휴거는 그때 일어나게 되어 있지 않았습니다. 그들이 지구의 다른 곳을 멸종시키고 차지하려 했었지만, 그때까지는 지구 전체를 차지하려는 계획이 아니었으니까요. 또 만일 차지했다 하더라도 어딘가 생존자들이 남아 있었을 것이고, 그런 경우에 휴거는 일어나지 않습니다. 휴거는 아주 머나먼 미래의 일입니다.

3

미스터리 서클

올 : 지구에 있어 온 미스터리 서클 중에 지구 사람의 조작이 아닌데
　　도 생긴 것이 있었나요?

영 : 있었다(한 군데에 여러 개).

올 : 어떤 이유로 생긴 것들인가요?

영 : 그 서클들은 '이렇게' 되어 있다.

'이렇게'의 안의 말은 '그건 만들어졌다.'이며, 여기에서 '그건'의 안의
말은 '미스터리 서클이 만들어진 것'이다.

올 : 누구에 의해 만들어졌나요?

영 : 그것은 지구인에 의해 만들어진 것이 아닌 것.

올 : 사람, 우주선 , 그 외의 어떤 것일까요?

영 : 그 외.

올 : UFO 착륙 흔적설이 있는데, 그건 해당되지 않는 얘기일까요?

영 : 해당 아니다.

올 : 그렇다면, '그 외'에 해당하는 것에 대해 알려 줄 수 있나요?

영 : 그래.

올 : 지구인에 의해 만들어진 것이 아닌 것을 만든 누군가를 알려 주세요.

영 : 지구인이 아닌 다른 사람들?

올 : 네.

영 : 그런 사람은 없다.

올 : 서클의 원인이 지구 밖에서 온 경우가 있었을까요?

영 : 아니.

올 : 지구 안에 어떤 것이 서클을 만든 원인이 될까요? 고의를 제외하고요.

영 : 그런 것이 아니다.

올 : 그런데 분명 '지구인에 의해 만들어진 것이 아닌 것'이 있다고 했었어요. 그것은 무엇이 만든 건가요?

영 : 그건 지구인이 아닌 다른 것, 외계 인류.

올 : 설명해 주시겠어요?

영 : 지구 밖에서 어떤 인류가 만들었다.

올 : 지구에 호의적인 인류라고 생각해도 되는 사람인가요?

영 : 아니.

올 : 그가 악의적인 이유에서 만든 건가요?

영 : 아니.

올 : 어떤 이유로 만들었을까요?

영 : 그는 실험하려 했다.

올 : 무엇을요? 자기가 만든 기호를 푸는가에 대해서요?

영 : 비슷하다.

올 : 설명해 주시겠어요?

영 : 그는 '<u>실험하려</u>' 했다.

　　그리고 '<u>실험했다</u>'.

　　그리고 '<u>말했다</u>'.

　여기에서 '실험하려'의 안의 말은 '그가 실험한 것'이다. 그리고 '실험했다'의 안의 말은 '실험하려'를 설명한 것이며, '말했다'의 안의 말은 '그가 실험하며 말했다'를 의미한다.

올 : 무엇을 실험한 것인가요?

영 : 지구인이 알고 있는지 물어보려 했다.

올 : 무엇을요?

영 : 그들이 실험한 것을 알고 있는지.

　　그림 안에 든 것.

올 : 그가 무엇을 말했을까요?

영 : "지구인이 알고 있는지 알아야겠어."

　　"그러면 답을 줄 거야."

올 : 그가 '지구'라고 말했나요? 아니면 '이 별'이라고 말했나요?

영 : 그들은 이 별이 지구라는 것을 안다.

올 : 그는 결국 답을 얻었나요?

영 : 아니.

올 : 그는 왜, 지구인이 아는 것에 관해 알려고 한 것일까요?

영 : 그는 궁금해서 그랬다.

올 : 그냥, 단순한 호기심에서요?

영 : 그래.

올 : 그가 지구에 위험한 사람이었을까요?

영 : 그는 이미 사망했다.

올 : 답을 얻지 못한 것이 그에게 어떤 영향을 끼쳤나요? 지구와 지구
인에 관한 것과 관련해서요.

영 : 아니, 그는 그냥 궁금해 했을 뿐이다.

올 : 그가 그렇게 서클을 만들었다면 지구가 이제 그들 별에 알려진
것이겠지요?

영 : 그래, 그들은 과거부터 알고 있었다. 그리고 다녀갔다.

올 : 그렇다면 앞으로 지구인에게 해를 끼칠 가능성이 있나요?

영 : 그것은 그들에게 달렸다.
그리고 환생하는 사람들에 달렸다.

올 : 그들 인류가 지구나 지구인에 지금까지 해를 끼친 적이 있었나요?

영 : 아니.

올 : 그렇군요. 그와 그 인류가 서클을 만든 것은 그 한 번뿐인가요?

영 : 그 한 번.

올 : 직접 오지 않고 지구 밖에서 무언가를 보내 만든 것일까요?

영 : 그래. 그리고 그것은 우주선에서 쏘아졌다.

올 : 그렇군요. 그 별 인류 외에 다른 별 인류 중 누군가가 또 만든 적
이 있었을까요?

영 : 아니.

올 : 그럼, 그들이 만든 한 건과 지구인이 고의로 만든 것을 제외한 나

머지도 있었을까요?

영 : 아니.

올 : 그렇군요. 그러니까, 외계 인류 중 누가 만든 단 한 건을 제외하고는, 모든 것이 지구인의 조작이었군요?

영 : 그래, 조작이다. 단 한 건의, 외계 인류 중 누군가가 만든 것을 제외하고는.

올 : 그가 미스터리 서클의 방법을 택한 것은 1946년 영국 솔즈베리의 페퍼복스 힐에서 발견된 두 개의 원형무늬에서 힌트를 얻은 것이었을까요?

영 : 아니, 그건 그냥 지구인이 만들었다.

올 : 그렇군요. 그냥 지구인이 만든 것에서 힌트를 얻었을까 생각했었지요. 그럼, 그는 페퍼복스 힐의 것을 몰랐던 거였군요? 시대도 다르니까요.

영 : 그래, 그리고 그건 30년 후였다.

올 : 그렇군요. 그러면 그가 만든 도형은 그들 인류가 사용하는 도형이었을까요?

영 : 아니, 그냥 수학적인 문제였다.

올 : 네, 알겠어요. 오늘의 주제에 대해서 알려 주어서 고마워요. 얘기 마쳐도 될까요?

영 : 마쳐도 된다.

2012 . 12 . 26 .

〈독자와의 대화〉

독 : 그러면 그 우주인이 만들었던 미스터리 서클은 어디에 있나요?

올 : 워민스터에 있습니다. 워민스터는 영국 잉글랜드의 남부에 있는 월트셔에 있는 타운이지요.

4

모아이 거인석상과 이스터 섬의 비밀, 그 후

올 : 이걸 질문해도 되겠어요?

영 : 된다.

올 : 이스터 섬의 주민은 자기들끼리 전쟁을 일으킨 것이 아니고, 외계 중 사악한 사람의 침입을 받았어요. 이들의 삶은 너무도 끔찍해요. 그런 그들이 살아남기 위해 한 일들이 그들의 사후심판에서, 지구인끼리의 전쟁에서 행한 것들과는 다르게 적용되었나요?

영 : 그들은 다르게 적용되었다.

올 : 그렇군요. 내 안의 의식 중에 일부는 "다행이네요."라고 말하네요. 이스터 섬을 침입한 그 잔혹한 무리들은 사후에, 그들 인류끼리 일으킨 전쟁에서의 경우와 다르게 적용되었나요?

영 : 아니, 그들은 그런 민족이다.

올 : 그들의 영격은 그 당시의 지구인보다도 떨어졌었나요?

영 : 그래, 그리고 지금도 떨어졌다.

올 : 그 당시의 그들보다 더 떨어진 것은 아니고, 지금의 지구인보다 더 떨어졌다는 말씀이세요?

영 : 아니.

올 : 그 당시의 그들보다 더 떨어졌다는 말씀이세요?

영 : 그래.

올 : 그렇게, 다른 별의 인류를 잔혹하게 공격하는 것에 대해서 창조주께서는 어떤 조치를 취하셨나요?

영 : 창조주께서는 말씀하셨다.

올 : 그들에게나, 그들 영혼, 영체에 직접 말씀하시진 않으셨을 테고, 무언가 이루어지게 하는 말씀을 하셨나요?

영 : 그래, 그렇게 되었다.

올 : 그 말씀에 대해 알려 줄 수 있으세요?

영 : 대충.

올 : 네, 들을게요.

영 : 그들에게 말씀하셨다.

　　 그래서 그들은 말씀을 들어야 했다.

　　 그래서 말씀을 들었다.

　　 그래서 말씀하셨다.

올 : 그러면, 그들에게 내려진 벌은 무엇인가요?

영 : 그들은 뒤떨어져야 했다.

올 : 그 별 인류 전체가요?

영 : 그래. 그건 그 별 인류 공동으로 모두 책임진다.

올 : 그래야겠지요. 그래야 다른 별을 또 그렇게 하지 못하겠지요? 뒤떨어지는 것은 영격과 과학, 둘 다인가요?

영 : 그래. (영격과 과학) 다 떨어진다.

올 : 설명해 주어서 고마워요. 얘기 마쳐도 될까요?

영 : 마쳐도 된다.

2012. 12. 27.

〈독자와의 대화〉

독 : 다른 별을 침략하는 행위는 그 죄가 특히 더 무거운가 봅니다. 심판은 언제나 정확하고 엄격하게 이루어지는군요. 상은 후하게, 벌은 가혹하게. 꿈에서 먼 미래를 볼수록 그 영격이 높나요? 지구인들의 영격은 다 비슷한가요?

올 : 나중에 만약, 지구인들 중에 위험한 생각을 하는 군인이나 과학자가 다른 별에 그런 비슷한 짓을 한다면 지구인도 공동 책임을 지게 될 것입니다. 평균 영격이 떨어지고 과학도 뒤떨어질 것입니다. 영격이 높으면 그럴 수도 있지만, 꿈에서 멀리 본다고 반드시 영격이 높은 것은 아닙니다. 지구인의 영격은 비슷하나 그중에 일부는 조금 더 높고, 보통보다 더 낮은 쪽도 있습니다.

5

한민족 땅에 나타난 UFO

(단군에서 조선까지)

올 : 조선에 나타난 UFO가 있었나요?

영 : 있었다.

올 : 어느 왕 때 나타났었는지 알려 주시겠어요?

그가 알려 준 것은 다섯 왕이었는데, 태종과 세종도 포함되어 있었다. UFO가 나타난 것은 세종대왕 때였는데, 태종도 왕의 자리에 있었다고 한다. 그리고 그것은 태종이 상왕으로 있었기 때문이었다.

올 : 세종대왕이 왕위를 물려받고 태종이 상왕으로 있을 때 나타난 것은 하나의 UFO였고, 그것은 좋지 않은 것이라고 하셨어요. 그 UFO는 조선에 왜 온 것일까요?

영 : 조선에 온 것은 '그것이' 아니었다.

'그것이'의 안의 말은 '조선의 하늘에 온 것이 아니라 근처에 왔었다.'

이다. 그에게 세계지도를 보였더니, 조선을 중심으로 한 동해, 서해, 남해, 간도와 중국의 서부 조금에 동그라미를 그렸다.

올 : 그 하늘에 나타난 특정한 이유가 있었을까요?

영 : 그곳에 나타난 것은 이유가 있었다.

올 : 어떤 이유였을까요?

영 : 그 시대에 어떤 사람들이 살고 있는지 궁금해 했다.

올 : 그 UFO는 지구의 다른 나라도 살펴보았겠네요?

영 : 그래.

올 : 그렇다면 영격이 떨어지는 인류였겠네요?

영 : 그래.

올 : 그 UFO가 세조 때도 나타났던 것인가요?

영 : 아니, 다른 거였다.

올 : 그 UFO도 영격이 떨어지는 것이었군요? 아까 왼쪽으로 표를 하셨으니까요.

영 : 그래.

올 : 그것은 세종대왕 때 나타난 것과 같은 이유로 왔을까요?

영 : 아니, 그건 더 악했다.

올 : 악했다고 한다면, 그들이 무슨 짓을 한 것이군요?

영 : 아니, 무슨 짓은 하지 않았다.

올 : 그들도 살피기만 했나요?

영 : 아니, 그건 다른 나라에 가서 다른 짓을 했다.

올 : 그다음 왼쪽으로 표한 곳이 연산군 때네요. 연산군 때 온 것은 어느 정도 악한 것인가요? 앞의 두 가지와 비교할 때요.

그는 태종과 세종 때 나타났던 것보다 더 악하고, 세조 때보다는 낫다고 알려 주었다.

올 : 그것이 조선에서 무슨 짓을 했나요?

영 : 그것은 그냥 갔다.

올 : 명종 때 나타난 것은 오른쪽으로 표를 하셨어요. 호의적인 외계 인류였군요?

영 : 그렇지만 호의적이지 않다.

올 : 악의적이지도 않고요?

영 : 그래. 하지만 경계해야 할 민족이다.

올 : 그들도 살펴보러 왔나요?

영 : 그래. 그들도 지구를 두루두루 살폈다.

올 : 그렇군요. 광해군 때 나타난 것은 UFO가 아니라고 하셨는데, 그것은 무엇이었을까요?

영 : 그것은 광해군 초에 있었다.

올 : 여러 사람이 목격했다는 기록이 있네요. 묘사는 꼭 우주선 같은데 무엇이었길래 그렇게 묘사했을까요?

영 : 그것은 외계 인류가 아니었다.

올 : 그 당시 지구에 그렇게 과학이 발달하지 않아서 다른 무기나 비행기 는 아니었을 텐데, 무엇이었나요?

영 : 외계인류 아닌 다른 '것'.

여기에서 '것'의 안의 말은 '그건 지구에서 만든 것이었다.'이다.

올 : 조선에서 만든 것이었을까요?

영 : 아니, 다른 나라에서 만들었다.

올 : 무엇을 만들었던 것이죠?

영 : 그들은 시험을 했다.

　　그들은 화포를 시험했다.

올 : 그렇지만 화포라면 폭발을 하고 사람이 다칠 텐데요. 어째서 UFO와 비슷한 것이 되었을까요?

영 : 그것은 신종무기였다.

올 : 임진왜란 이후 개발해 낸 것일까요?

영 : 아니, 그 이전부터 하던 것이었다.

올 : 연구 중이었군요?

영 : 그래.

올 : 사람을 해치지 않는 신종무기를 왜 조선에 쏜 것인가요? 어떤 결과를 위해 시험한 것일까요?

영 : 그들이 쏜 것은 서울과 평양, 두 곳이었다.

올 : 두 곳을 선택한 이유가 있을까요?

영 : 그냥 널리 퍼지는 걸 보려고.

올 : 독인가요?

영 : 아니.

올 : 무엇이 널리 퍼지는지 보려고 한 것이었을까요?

영 : 독이 아닌 다른 '것'.

'것'의 안의 말은 '조금씩 퍼지는 독 아닌 다른 것'이다.

올 : 붉은 베로 묘사된 것이 보인, 독이 아닌 것은요?

영 : 그냥 ‘<u>많은 것</u>’이 있었다.

여기에서 ‘많은 것’의 안의 말은 ‘그냥 염료’이다.

영 : 하지만 그땐 그런 것을 썼다.

올 : 무엇을 노리고 염료를 쓴 것일까요?

영 : 지구에 퍼지는 걸 보려고.

올 : 그것이 왜 궁금했던 걸까요?

영 : 그들은 그것을 시험해 조선을 침공하려고 했다.

올 : 그것이라면 바람 방향을 의미하는 것인가요?

영 : 바람 방향 아냐. 독을 풀 수도 있었다.

올 : 왜 그 후로 또 사용하지 않은 걸까요?

영 : 그들은 실패했다.

올 : 실패했다고 판단한 근거는 무엇이었을까요?

영 : 그것은 널리 퍼지지 않고 가라앉았다.

올 : 북소리, 우레 소리, 이것은 그것이 하늘에서 터지는 소리였을
　　까요?

영 : 비슷하다. 그러나 그렇게 터지지는 않았다.

올 : 화광(火光)도, 터지는 것에서 생긴 것이었군요?

영 : 그래, 비슷하다.

올 : “양양부에서는 김문위 집 뜰 가운데 처마 아래의 땅 위에서 갑자
　　기 세숫대야처럼 생긴 둥글고 빛나는 것이 나타나, 처음에는 땅
　　에 내릴 듯하더니 곧 1장 정도 굽어 올라갔는데 마치 어떤 기운

이 공중에 뜨는 것 같았습니다." 하는 설명이 있었어요. 그 사람의 마당과 집이 높은 지역에 있었나요?

영 : 그 사람은 산이 아니라 땅에 살았다.

그의 설명은 이러했다. 그것이 내려오며 터졌고, 그래서 올라갔는데 올라가며 계속 '툭 툭 툭 툭' 터지면서 하늘로 올라갔다는 것이다.

올 : 왕이 무마시킨 것인가요?

영 : 왕은 설명을 들었다.

하지만 신하들이 '포'라고 했다.

신하들이 갑론을박 일어났지만 '포'가 됐다.

그가 또 알려 준 것은, 조선 이전의 것이었다.

시기		UFO 출현 여부
고조선		UFO 비출현
그 후		UFO 수차례 출현
(삼국시대)	고구려, 신라, 백제	UFO 수차례 출현
통일신라		UFO 비출현
(고구려 멸망 후)	발해, 신라, 백제, 고려	UFO 비출현

2012. 12. 28.

6

사라진 마야제국과 달력의 비밀,
그리고 벽화

올 : 마야제국이 갑자기 사라졌다는데요. 정말 그럴까요?

영 : 비슷하다.

올 : 그들에게 무슨 일이 있었던 걸까요?

영 : 그들은 알고 있었다.

올 : 무엇을요?

영 : 그들이 쳐들어온다는 것을.

올 : 다른 민족이요?

영 : 그래.

올 : 그들은 맞서 싸울 수도 있었을 텐데요. 왜 맞서 싸우지 않았던
      것일까요?

영 : 그들은 맞서 싸우지 않았다. 그래서 졌다.

올 : 모두나 거의 사망한 것일까요?

영 : 아니.

올 : 피난이요?

영 : 그래.

올 : 나중에 다시 돌아올 수 있었을 텐데요. 그런 곳을 다시 만들려면 힘들잖아요.

영 : 하지만 돌아오지 않았다.

올 : 왜일까요?

영 : 그들은 다른 곳에서 살려고 했다.

올 : 대개의 민족은 싸우지요. 일시적으로 후퇴는 해도 말이죠. 그들이 그냥 간 것은 그들의 민족성인가요?

영 : 그들은 변화되었다.

올 : 평화롭게요?

영 : 비슷하다. 그러나 평화롭지는 않다.

올 : 그들이 사라진 이유는 적의 침략뿐인가요? 기후와 같은 재해 등 다른 이유가 있는지 궁금해서요.

페루 안데스에 갑작스런 냉기가 있었고, 갑자기 내린 눈에 뒤덮여 버린 습지 식물이 발견되었다는 기록이 있다기에 그걸 생각했었다.

영 : 적의 침략뿐이다. 기후 등 또 다른 문제는 다른 민족이 겪은 것이다.

올 : 그들의 뿌리는 인류 최초의 사람들에 닿아 있나요?

영 : 비슷하다. 그러나 다르다.

올 : 어떤 점에서 다른가요?

영 : 그들의 뿌리는 인류 최초의 사람들이 아니다.

올 : 현실계 사람을 말하나요?

영 : 그래, 현실계 사람. 그리고 영혼과 영체는 공급되어 왔다.

올 : 현실계 사람으로서의 뿌리는 다른 별에서 온 또 다른 인류 중 누군가인가요?

영 : 아니, 그들이 아니다.

올 : 좀 더 설명해 주면요?

영 : 그들의 뿌리는 '다른 곳'에 있다.

'다른 곳'의 안의 말은 '그것은 말해야 한다.'였다.

올 : 그것을 말해 주시겠어요?

영 : 그래.

올 : 들을게요.

영 : 다른 곳은 지구에 있다.

　세계지도를 그에게 보였다. 어디쯤인지 질문했더니, 그는 한 곳에 동그라미를 그렸다. 그곳에는 사람이 살 수 없는 장소가 포함되어 있었다. 그는 왼쪽으로 동그라미를 그렸었다. 보통 오른쪽으로 하는데, 왼쪽으로 한 것이 어떤 의미인가를 질문하니, 그는 "현재는 없기 때문." 이라고 말했다. (중략)

올 : 마야인들의 농경 기술이나 그 외의 것이 그곳(뿌리가 있던) 땅에 살 때부터 전해 온 것들인가요?

영 : 아니, 변화되었다.

올 : 마야인들의 농경기술, 치수, 건축은 그들만의 고유한 것이었

나요?

영 : 아니, 다른 별인이 가르쳐 주었다.

올 : 모두요?

영 : 그래. 그리고 달력도.

올 : 다른 별의 인류 중 누군가가 온 것은 그곳에 살던 때인가요?

영 : 아니.

올 : 정착한 후인가요?

영 : 아니, 그 이전.

올 : 그렇군요. 그 별 인류는 여러 번 그들을 찾아간 것일까요? 누구든요.

영 : 누구든?

올 : 네.

영 : 그들은 한 번 왔을 뿐이다.

올 : 영성과 과학이 모두 발달한 별 사람인 것 같네요. 그럴까요?

영 : 그래.

올 : 찾아간 것은 한 번이지만, 그 이전이나 이후에 지구로 우주선을 타고 온 적이 있을까요? 누구든요.

영 : 왔었다.

올 : 자신들이 가르쳐 준 민족의 변화를 지켜보려고요?

영 : 아니.

영 : 그렇다면 '자신들'을 '자신들의 조상'으로 바꾸면 달라질까요?

나는 후손이 왔었느냐는 질문을 그렇게 했다.

영 : 그래.

올 : 마야인의 민족성이 변화한 것은 그 외계인류를 만나서인가요?

영 : 그래.

올 : 그들이 마야인을 택한 이유가 무엇이었을까요?

영 : 그들을 택한 이유?

올 : 네.

영 : 그들은 평화로와 보였다.

상위영계에서는 '평화로와'와 '평화로워'를 구별하여 쓴다. 상위영계의 누군가가 현실계 사람에게 이야기를 할 때 대개는 그 나라의 어법에 따라주지만 그렇지 않을 때가 종종 있는데 그중 하나가 바로 '평화로와'이다. '평화로워'와 '평화로와'는 말의 에너지가 다르기에 둘을 상황에 맞게 사용한다. 말이 가진 힘으로 볼 때 '평화로워'는 '평화로와'보다 크다.

올 : 그 외계인류가 지구의 미래 '인구 증가'와 그것에 의한 것을 마야인에게 알려 준 것인가요?

영 : 그래. 하지만 마야인은 몰랐다.

올 : 마야인의 달력 마지막 부분, 세상의 종말을 경고하는 것에 세상을 끝낼지도 모를 거대한 기후의 변화를 설명했다는데요. 이것은 외계인류가 가르쳐 준 것일까요?

영 : 아니.

올 : 그렇다면 마야인이 생각한 것인가요?

영 : 그래. 하지만 그들은 계산했다.

올 : 배운 지식으로요?

영 : 그래. 그리고 계산해서 유추했다.

올 : 새로 발견된 달력과 벽화는 땅에 묻혀 있었다는데요. 그렇게 하
　　도록 한 것은 외계인류의 누군가였을까요?

영 : 아니, 그건 그들이 했다.

올 : 왜 그랬을까요?

영 : 그건 그들이 그렇게 해야겠다고 생각했다.

올 : 이유는요?

영 : 그것은 적들이 올 것이라고 생각했다.

올 : 그림을 가지고 있진 않지만, 설명을 해석해 줄 수 있나요?

영 : 그래, 할 수 있다.

올 : 고마워요.

올 : 검은 옷을 입고 있는 수많은 사람들.

영 : 검은 옷을 입은 사람 중의 하나는 제사장이다.

올 : 검은 옷을 입은 나머지는요?

영 : 제사장과 비슷한 사람.

올 : 검은 옷의 사람들이 앉은 것에 의미가 있나요?

영 : 아니.

올 : 북쪽을 바라보는 것은요?

영 : 그들이 보는 방향?

올 : 네.

영 : 그건 그들의 방법이다.

올 : 화려한 주황색 옷을 입은 사람은요?

영 : 그건 서기이다.

올 : 실제로요?

영 : 그래.

올 : 술툰의 왕으로 보이는 사람이 있다는데, 그는요?

영 : 그는 술툰의 왕이다.

올 : 서기가 뾰족한 쇠의 붓을 내미는 이유는 무엇일까요?

영 : 그건 그들의 방법이다. 그래서 그랬다.

올 : 술툰 유적지에 피라미드도 있다는데요. 그것도 마야인의 유적
     일까요?

영 : 아니, 술툰은 다르다.

올 : 방금 전에 술툰과 마야는 다르다고 하셨어요. 그런데 왜 술툰과
     관계된 그림이 마야의 유물에 있을까요?

영 : 그것은 그들이 그렸기 때문이다.

올 : 마야인들이요?

영 : 그래.

올 : 그림의 제사장은 마야인인가요?

영 : 아니. 술툰 사람.

올 : 마야의 유물이지만 마야와 관련 없다는 거네요?

영 : 그래, 관련 없다.

올 : 마야에 다녀간 외계인류는, 그들 현실계 사람들의 결정인가요?

영 : 그래.

올 : 결정에 누군가가 영향을 미쳤나요?

영 : 아니.

올 : 그랬군요. 그 외계인류가 마야의 달력에, 지구 멸망으로 가는 원
     인인 '인구 증가'와 그것에 관한 것을 넣은 이유는 무엇인가요?

영 : 그들은 지구인에게 경고하려 했다.

올 : 그렇게 다른 별의 인류를 위해 무언가 돕는 것은 그들에게 어떤
     혜택이 있나요?

영 : 모든 인류가 다른 별의 인류를 돕는 것은 그들의 발달이 된다.

올 : 영성에요?

영 : 아니, 다른 것.

올 : 설명해 주시겠어요?

영 : 그래.

올 : 들을게요.

영 : 지구인이 만일 다른 별의 인류를 돕는다면 '이런 일이' 생긴다.

여기에서 '이런 일이'의 안의 말은 '지구의 많은 것이 승격한다.'이다.

올 : '많은 것'에는 무엇이 해당되나요?

영 : 영체, 영혼이 승격한다.

올 : 영격이 높아지는 것을 말하나요?

영 : 비슷하다.

올 : 더 설명을 해줄 수 있나요?

영 : 그래.

올 : 어떻게 되죠?

영 : 승격하면 많은 것이 변한다.

올 : 이를테면요?

영 : 어떤 것?

올 : 네.

영 : 영능력이 강해진다. 그럼 지구인을 도울 수 있다.

올 : 해당되는 사람만 승격하나요?

영 : 그래.

올 : 그렇군요. 그 현실계 사람은 사후에 판결과 혼령계, 저승의 삶
  이 더 나아지겠지요?

영 : 그래. 그리고 더 나아진다.

올 : 자신의 별 사람을 도운 것보다 더요?

영 : 그래. 그것은 더 힘드니까 그렇다.

올 : 그렇긴 해요. 많이 힘들 거예요. 알려 주어서 고마워요. 얘기 마
  쳐도 될까요?

영 : 마쳐도 된다.

2012. 12. 24.

7

마추픽추의 비밀

이 글은 "6. 사라진 마야제국과 달력의 비밀, 그리고 벽화"에서 세계 지도를 보며 그들의 뿌리에 대해 이야기하다 나온 글이니, 그 글에서 중간 생략된 한 부분이 되겠다.

올 : 그 산에서요?

영 : 비슷하다.

올 : 그 시기가 5,200년 전의 어느 때인가요?

영 : 비슷하다. 그러나 더 멀리 있다.

올 : 언제쯤일까요? 대략 2012년 12월의 오늘로(24일)부터요.

영 : 7~8년 정도.

올 : 더 정확히는요?

영 : 5,207년.

그의 말에 의하면, 5,207년 전 에콰도르에서 사라진 그들이 마추픽추로 갔다는 것이다.

　올 : 그렇군요. 무슨 일이 있었던 걸까요?
　영 : 마야인들은 알고 있었다.

　세상 사람들이 알기로는 에콰도르에서 살던 사람들은 마야인이고, 마추픽추에서 살던 사람들은 잉카인이다. 그러나 그는 둘 다 마야인이라고 말했다. 적이 쳐들어온다는 것을 알았고, 그래서 떠났다는 것이다. 에콰도르에서처럼 말이다. "6. 사라진 마야제국과 달력의 비밀, 그리고 벽화"에서 '영계의 사람'이 세계지도에서 가리킨 곳은 인도양(TV 프로그램 〈서프라이즈〉에 나온 곳은 아니다)이었고, 동그라미를 친 곳에는 인도 남단도 포함되어 있었다. 마추픽추인은 어디서 왔는가. 그러다 인도양까지 알게 된 것이었다.

　올 : 인도양 속의 원래 땅의 크기는요?

　그가 그린 땅은 방갈루루(옛 방갈로르)를 포함한 인도 남단과 스리랑카를 포함했고, 남으로는 차고스제도를 포함했으며, 서쪽으로는 빅토리아, 동으로는 인도네시아, 수마트라 섬 가까이까지 있었다.

　올 : 그곳에 살던 민족이 마야인의 뿌리인가요?
　영 : 그래.
　올 : 그곳에 살던 민족은 원래 지구에 살던 민족이었나요?
　영 : 그래.

올 : 인도양에서는 동이든 서든 너무 멀어요. 어떻게 그 먼 곳까지 간 것일까요?

영 : 무엇을 사용해서?

올 : 네.

영 : 배, 그리고 육로, 그리고 서서히 갔다.

올 : 오랜 세월에 거쳐서요?

영 : 그래. 그리고 오랫동안 이어져 갔다.

올 : 배가 필요했던 사람들은 스리랑카 섬이 된 곳에 살던 사람들인 가요?

영 : 그래.

올 : 그들은 태평양, 대서양 중에 어느 쪽을 택한 것일까요? 그들이 간 경로를 그려 주겠어요?

그가 지도에 경로를 그려 주었다. 처음에는 한 줄기로 나왔으나 러시아의 끝 부분에서부터 둘로 나뉘어져 있었다. 그 경로는 인도 옆 파키스탄의 '카라치'에서 그 옆 나라의 '타지키스탄 ~ 중국 ~ 몽골 ~ 러시아의 브라츠크 남쪽 ~ 알래스카 ~ 캐나다의 한 부분 ~ 처칠 남쪽 ~ 무수니 서쪽 ~ 몬트리올 서쪽 ~ 뉴욕 근처 ~ 미시시피 강'을 따라가서, '세인트 루이스 남쪽'로(이들은 북아메리카로 S자의 반대 형태로 갔다), '멕시코의 문테레이 근방 ~ 에콰도르'로 갔다. 이들이 나중에 마추픽추로 간 것이다.

이들은 멕시코로 가는 도중 흩어지며 갔고, 정착해서 살다가 남아메리카 북부에서는 남쪽으로 흩어졌다. 그래서 마추픽추, 공중도시가 잉카인의 유적으로 알려지게 되었다. 러시아의 끝에서 마야인과 나뉜 잉카인은 그들보다 남쪽 길을 택했다. '알래스카의 유콘 강'을 건너 '캐나다의 화이트호스 위쪽 ~ 포트넬슨 아래쪽 ~ 미국의 솔트레이크와 덴버 사이 ~ 멕시코'를 갈 때, 마야인보다 왼쪽 아래 노선으로 가서 그곳에 머물다가 다른 곳으로 갔다

올 : 그들이 가면서 다른 민족과 섞여 남은 사람들도 있었을까요?

영 : 아니.

올 : 그렇군요. 인도양 속의 것에 대해 나중 언제 알려 줄 수 있으세요?

영 : 그래.

올 : 고마워요.

2012. 12. 24.

〈독자와의 대화〉

독 : 다른 별에서도 달력은 모두 공통으로 적용되나요?

올 : 달력을 사용하는 별들이 많은 편입니다. 별의 회전에 따라 시간 대가 다르므로 달력도 다릅니다.

독 : 혼령들이 쓰는 언어와 다른 별들의 사람들이 쓰는 언어가 같은 경우도 있나요?

올 : 없다고 보아야 합니다. 그러나 간혹 같은 경우도 있는데, 그것은 지구인이 최초로 생긴 후, 최초의 지구인이 사망하여 혼령이 되었을 때는 원래 고향의 혼령과 같은 말을 사용했기 때문입니다. 혼령들은 살아생전의 언어를 사용합니다.

독 : 영적 깨달음을 얻기 위한 과정 중, 현실계와 혼령계 그리고 저승
　　계 셋 중에서 어느 곳의 비중이 큰가요?

올 : 현실계입니다.

독 : 그렇다면 현실계를 빼고는 별 의미가 없는 삶인가요?

올 : 질문은, 영적 깨달음을 얻기 위한 과정 중 비중이 큰 곳이 어느
　　곳인지에 대한 것이었습니다. 현실계와 혼령계를 살고 나면 저
　　승에 들어가기 전, 사후심판을 받습니다. 그때 두 개의 기록장치
　　가 공개됩니다. 그것은 현실계와 혼령계에서의 것을 기록한 것
　　이지요. 저승에 가는 것을 이미지를 보내 지켜보는 영체가 간혹
　　있기도 하지만, 삶이 고약했을 때는 특히나 미련 없이 떠납니다.
　　그 후에, 저승영계에 사는 동안에는 상위 영계에서 특수한 일이
　　생겨 조치를 취하지 않는 한, 그들 영혼, 영체, 영혼체와는 만날
　　일도 없습니다. 저승영계의 삶에서 무언가 나아지는 것을 행한
　　다고 하더라도 그것은 저승영계에서의 삶이 나아지거나 자손 등
　　을 도와줄 힘이 생기는 것이 됩니다. 그것이 영적인 깨달음에 이
　　어지지는 않습니다. 그곳에서는 그냥 혼령일 뿐이니까요. 그러
　　니 의미가 없지는 않으나 현실계와 혼령계에서 깨닫는 것과는 차
　　이가 있습니다.

독 : 혼령계의 삶이 현실계보다 힘드나요? 현실계를 잘 살면 나아지
　　나요?

올 : 지구 혼령계의 삶을 살아 본 것이 아니라서 혼령의 입장에서 답
　　할 수가 없습니다. 사망을 겪었을 때는 혼령계 비슷한 곳으로 갔
　　었지만 지구의 혼령계는 아니었고, 인도되는 다른 곳으로 갔었
　　습니다. 혼령들의 세계에 대한 안내서인 〈혼령들의 세계 들여다

보기〉를 이미 읽으셨다면, 수월할 것이라 여겨집니다. 물론 현실계의 삶을 잘 살아야 더 수월할 것입니다. 사후의 혼령들 얘기나 생각을 들어 보면(그들은 정보를 모르고, 그들에게 가르쳐 주지는 않았지만) 막막해합니다. 자신들이 알기로는 누군가 데리러 와야 하는데 아무도 오지 않고, 어떻게 해야 할지, 어떻게 될지 아무것도 아는 것이 없고 알아볼 곳도 없습니다. 다른 혼령들을 만나게 되어도 그냥 이 얘기 저 얘기뿐입니다. 가족들은 자신을 알아봐 주지도 않습니다. 집에서 사망한 사람은 집에서 그렇게 있고, 집 밖에서 사망한 사람은 자신의 시신에서 좀 벗어나 근처에 있더군요. 몇 달이 지나도, 때로는 몇 년까지도 그렇게 삽니다. 저승사자 얘기도 글에 썼지만, 죽음을 알리러 올 뿐 사망 때 혼령계로 인도하지는 않습니다.

독 : 왜 소멸하지 않고 힘든 걸까요?

올 : 혼령계에서 소멸되기도 해요. 퇴마에는 여러 방법이 있는데, 소멸시키는 것도 있지요. 그럴 힘이 있다면 말이죠.

8

인도양에 가라앉은 땅의 비밀

올 : 인도양에 가라앉은 땅에 대해서 알려 주겠어요?

영 : 할 수 있다.

올 : 고마워요. 그 땅의 크기가 꽤 큰데, 가라앉은 이유는 무엇일까요?

영 : 바닷속으로?

올 : 네. 지진, 화산이나 다른 이유가 있다면 어떤 것인지…….

영 : 가라앉은 것은 '무엇이' 있었다.

여기에서 '무엇이'의 안의 말은 설명이다.

올 : 설명을 하면 그것이 안의 말이 되는 것이지요?

영 : 그래.

올 : 설명을 부탁해요.

영 : 그곳의 '땅은' 가라앉았다.

그래서 '가라앉았다'.

'땅은'의 안의 말은 '가라앉은 땅'이며, '가라앉았다'의 안의 말은 가라 앉은 상황을 설명하면 그것이 안의 말이 된다.

올 : 가라앉은 상황을 설명해 주겠어요?

영 : 가라앉은 이유는 땅이 무너졌다.

올 : '땅이 무너졌다'는 것은 통째로 가라앉는 것과는 다른, 흙이 부서 져 내리듯이 무너졌다는 것인가요? 예를 들면, 흙으로 된 절벽이 부서지며 무너져 내리는 것처럼요.

영 : 그들의 땅은 그것과 다르다.

올 : 그럼 어떻게 무너진 것인가요?

영 : 일반적으로 무너져 내리고 또 가라앉기도 했다.

올 : 땅이 무너지게 된 원인은 무엇이었을까요?

영 : 그들의 땅은 '<u>무엇이</u>' 생겼다.

여기에서 '무엇이'의 안의 말은 설명이다.

올 : '무엇이'의 안의 말인 설명을 말해 주시겠어요?

영 : 땅의 균열, 땅의 균열로 인해 생긴 틈들.

올 : 그 땅이 균열된 원인은 무엇인가요?

영 : 그 땅의 균열은 무엇이 생겨서이다.

올 : 무엇이 생겼는데요?

영 : 균열이 생기게 한 원인?

올 : 네, 원인.

영 : 그 원인은 '<u>많은 것</u>'이 있어서이다.

'많은 것'의 안의 말은 '무엇이 생겨 있었다.' 이다.

올 : 그곳의 주민들이 초래한 것인가요? 마야인들이요.

영 : 하지만 그땐 아니었다. 마야인이.

올 : 네, 그랬군요. 그 주민들이 혹시 실수로 균열을 만든 과학 실험
　　을 했었나요? 그것 때문일까요?

영 : 아니.

올 : 그 균열은 주민들이 초래한 것인가요?

영 : 그들이 만든 게 아니었다.

올 : 그렇다면, 땅의 수명이 다 되어서요?

영 : 비슷하다.

올 : 땅의 수명이 다 되게 한 원인을 말해 주겠어요?

영 : 그것을 말하려면 알아야 한다.

올 : 네.

영 : 그것을 '말해야' 한다.
　　그래서 말해야 한다.
　　그리고 말해야 한다.
　　그래서 말했다.

첫째 줄의 '말해야'의 안의 말은 '설명하면 된다.'이다.

올 : 말해 주겠어요? '말해야' 안의 설명이요.

영 : 그들이 가라앉은 이유는 '이렇다'.

여기에서 '이렇다'의 안의 말은 설명이다.

올 : 설명은요?

영 : 지구가 흔들렸다.

올 : 그렇군요. 그리고요?

영 : 그래서 흔들렸다.

올 : 과거에 극이동이 있었다는 설이 있긴 했지만…… 잘 와 닿지는
　　않네요. 지구가 충돌해서 파괴되는 것도 아닌데, 왜 흔들리는
　　거죠?

영 : 그럴 때가 있다. 모든 별들에 그럴 때가 있다.

올 : 흔들려서, 그들 땅에 균열이 간 것인가요?

영 : 그래. 그래서 그렇게 되었다.

올 : 인도의 남부와 스리랑카, 차고스제도 등은 그중 부서지지 않고
　　남은 땅이었군요?

영 : 그래, 일부는 남았다.

올 : 그때 지구의, 땅들의 크기와 모양이 많이 달라졌겠네요?

영 : 그래, 그렇게 되었다.

올 : 흔들릴 때 또 다른 어떤 천재지변이 있었나요? 땅의 균열, 부서
　　짐, 그런 것 외에요.

영 : 그런 것 외에 기후가 달라졌다.

올 : 어떻게요?

영 : 극이 변한 것처럼 날씨가 달라졌다.

올 : 그래서 극이동이 있었다고 사람들이 말했었나 보네요. 탄소연대
　　측정, 화석 그런 것에서요.

영 : 그래.

올 : 땅이 그렇게 흔들리면 많은 사람이나 생물이 죽었겠네요?

영 : 그래.

올 : 또 다른 천재지변이 있었나요? 그 땅에요. 그리고 그 인도양, 바다에요.

영 : 그래, 그곳에 변화가 있었다.

올 : 어떤 변화가 있었나요?

영 : 바다가 달라졌다. 그래서 생물이 죽었다.

올 : 바다가 달라진 것은, 땅이 가라앉아서 바다가 되었기 때문인가요?

영 : 그래. 그리고 '달라졌다'.

올 : '달라졌다'는 것은요?

영 : 바다가 늘어났다.

올 : 바다가 늘어난 것은 알겠는데요. 늘어난 것이 생물이 죽는 원인이 되었나요? 흙이 무너져 내려서요?

영 : 그래. 그래서 죽었다.

올 : 그럼 아까 사람도 죽었다는 설명은, 그들이 미리 알지 못했었던 것이었군요?

영 : 아니, 알고 있었다.

올 : 지구 전체가 흔들릴 것이니 피신하지 못했던 것인가요?

영 : 아니.

올 : 왜 피신을 하지 않았을까요? 너무 늦게 알아서요?

영 : 그래.

올 : 그랬군요. 징조가 보인 후에야 알았나요?

영 : 그래. 그래서 피하지 못했다.

올 : 그런 일이 있기 이전에 외계인류가 다녀갔었나요?

영 : 그래. 그 이전에 그 외계인류가 다녀갔다. 그러나 그는 알려 주지 않았다.

올 : 그 외계인류는 있는 동안 우주복을 입고 지냈나요?

영 : 아니.

올 : 우주복을 벗었어요?

영 : 아니, 입고 있었지만 나타나지 않았다.

올 : 그곳 주민에게 여러 가지를 가르쳐 주었다고 하셨어요. 나타나지 않고 어떻게 가르친 것인가요? 주민 대표를 불러 갔나요?

영 : 그들은 누군가를 불러들였다.

올 : 우주선 밖에까지요?

영 : 그래. 그리고 자신들은 입고 있었다.

올 : 그랬군요. 자신들을 신이나 창조주 또는 하느님 등의 단어로 설명했나요?

영 : 아니.

올 : 그렇지만 주민들은 그들을 신이나 그 비슷한 단어로 받아들였을 것 같은데요? 그랬나요?

영 : 아니, 그들은 사람이라는 것을 알았다.

올 : 그 외계인류들이 다른 별 사람이라고 밝혔나요?

영 : 아니. 하지만 이미 얘기했다.

올 : 내게는 그들이 다른 별 사람이라는 것을 알려 주었었지요. 마추 픽추와 마야인, 벽화, 달력 등에 대해서 질문했을 때요. 그러나 그들 주민들은 어떻게 그 우주복의 사람이 신이 아닌 사람이라는 것을 알았을까요?

영 : 하지만 그들도 알았다.

올 : 어떻게요?

영 : 그들은 자기들이 다른 별에서 왔다고 말했다.

올 : 그들의 외모는 지구인과 비슷하거나 같은가요?

영 : 같다.

올 : 혹시 그 인류가 지구 최초 인류와 나뉜 그들 중의 후손이었나요?

영 : 아니, 다른 별 사람이었다.

올 : 그들이 우주복을 벗고 밖에서 지낼 수도 있었겠군요?

영 : 그래. 그러나 그러지 않았다.

올 : 그들이 그 주민들에게 언젠가 또 방문한다고 했었나요?

영 : 아니, 그러지 않았다.

올 : 인도의 남부와 실론섬, 그러고도 섬들이 남았는데 그곳에는 그 대로 남아 살아 내려오는 사람들이 있나요? 이동하지 않고요.

영 : 아니, 그렇지 않다.

올 : 또 무너질까 봐 불안해서요?

영 : 그래. 그래서 이동했다.

올 : 그들이 이동해 가고 나중에 인도인이 살게 된 것인가요?

영 : 그들은 다른 곳에 있었다.

올 : 그들도 자기들 땅이 흔들려 불안해서 이동한 사람들인가요?

영 : 그래.

올 : 그렇다면 그 시기에 지구 전체에서 그런 이동이 많이 있었겠네 요? 자기들 땅이 불안해서 그런가요?

영 : 그래. 그래서 자기들 땅에서 옮겼다. 자기들 땅이 불안해서. 그래서 다른 곳은, 땅은 그러지 않은지 알았다.

올 : 인도양에 있던 땅에서 나간 민족이 두 갈래로 갈라져서 마야인
　　과 잉카인이 되었다고 지난번에 그러셨지요? 그들 중에 마야인
　　이 잉카인보다는 원래와 더 가까운가요? 여러 가지로요. 문화,
　　기술 등등이요.

　그는 '여러 가지로요. 문화, 기술 등등'에 표를 하고, '마야인'에 표를
했다.

올 : 마야인과 잉카인이 나뉜 것은 시베리아 땅에서 알래스카 쪽으로
　　넘어갈 때였나요?
영 : '여기'쯤서 나뉘었다.

　그가 '여기'를 말할 때 지도에 표를 한 곳은 시베리아의 경도 180이었다.

올 : 두 대륙 사이에 바다를 어떻게 건너갔을까요? 이동하느라 준비
　　가 쉽지 않았을 텐데요.
영 : 그들이 이동한 것은 서서히다.
올 : 그랬었지요. 지난번에 듣긴 했었는데…… . 바다가 얼었었나요?
　　두 대륙 사이에요.
영 : 그래. 그래서 그들은 걸었다.
올 : 그랬군요. 나뉘어서 북아메리카를 서서히 내려오는 동안 두 민
　　족으로 변한 것인가요?
영 : 그래. 그러나 한 민족이다.
올 : 그러게요. 오늘 주제에 대해 설명해 주어서 고마워요. 얘기 마

처도 될까요?

영 : 그래, 마쳐도 된다.

2013. 1. 6.

9

달의 비밀

올 : 지구의 달은 어떻게 생성되었나요?

영 : 지구의 달은 '이렇게' 생겨났다.

올 : '이렇게'의 안의 말을 일러 주겠어요?

영 : 그래.

올 : 들을게요.

영 : '이렇게'의 안의 말은 '이러하다'.

올 : '이러하다'의 안의 말은요?

영 : 지구가 '생겨났다'.

　　그래서 '생겨났다'.

　　그리고 '생겨났다'.

올 : 첫째 줄 '생겨났다'의 안의 말은요?

영 : 지구가 생겼다.

올 : 둘째 줄 '생겨났다'의 안의 말은요?

영 : 그래서 달이 생겼다.

올 : 셋째 줄 '생겨났다'의 안의 말은요?

영 : 달이 생겨서 지구를 돌았다.

올 : 지구가 생긴 것에 대해 다음에 언제쯤 글을 쓸 수 있을까요?

영 : 하지만 써도 된다.

올 : 고마워요. 그럼, 다음에 부탁드릴게요.
'생겨났다'의 안의 말인 '그래서 달이 <u>생겼다</u>'에서 '생겼다'의 안의 말을 알려 주세요.

영 : 그래. 그러면 말을 하면 된다.

올 : 네, 들을게요.

영 : '생겼다'의 안의 말은 '<u>마음에 들도록</u> 생겼다'.

올 : '마음에 들도록'은 인간이 아닌 '창조주의 마음에 들도록'인가요?

영 : 아니, 다른 뜻이다.

올 : 지구가 생성될 때 거기서 나간 가스나 조각이 달이 된 것이냐고 질문했을 때, 그건 아니라고 하셨어요. 지구가 생겼기에 달이 생겼다는 것은 달이 지구를 회전하기에 달이 된 것 뿐이지, 만일 지구와 좀 더 멀리 있었다면 태양계 안에 있는 작은 별일뿐이었 겠지요?

영 : 그래.

올 : 근처에 있던 작은 별이 지구의 영향권에 들어 돌기 시작했던 건 가요?

영 : 아니.

올 : 지구의 조각도 아니고, 지구 생성기의 가스도 아니고, 근처의 별 도 아니네요. 무엇이 지구의 달이 된 건가요?

영 : 달은 달이다.

올 : 질문을 어떤 말로 바꾸는 게 좋을까요?

영 : 질문을 하는 것?

올 : 네. 답을 얻으려면요.

영 : 답을 얻으려면 질문을 해야 한다.

올 : 어떤 질문이 적당할까요? 지구인이 이해할 수 있는 답이요.

영 : 사람들이 이해할 수 있는 것?

올 : 네, 현실계 사람들이요. 예를 들면, '지구를 만들 때 남은 조각이 튕겨나가 달이 되었다.'와 같은 말도 괜찮은데요. 하지만 진실이어야 해요. 언제나 진실을 말해 주는 것은 알지만, 때로는 지구 사람들이 이해할 수 있는 답을 당신으로부터 끌어내기가 어려울 때가 있어요. 그러니 말해 주세요. 들을게요.

영 : 달은 '변함없이' 만들어졌다.

올 : '변함없이'의 안의 말은요?

영 : '만들어졌다.' 그러나 설명해야 한다.

올 : 들을게요.

영 : 만들어진 건 지구가 생겨난 이후이다.

올 : 그리고요?

영 : 그래서 달이 생겨났다.

올 : 달이 생긴 과정을 설명해 줄 수 있나요?

영 : 그래.

올 : 들을게요.

영 : 달이 생겨난 과정을 말해야 한다.
    그럼 '말해야' 한다.
    그럼 말했다.

올 : 둘째 줄 '말해야'의 안의 말을 설명해 주세요.

영 : 그럼 말해야 한다.

올 : 네, 들을게요.

영 : 달은 지구의 것으로 만들어진 게 아니다.

　　　그렇지만 만들어졌다.

올 : 무엇으로요?

영 : 별들을 만드는 '<u>것들</u>'.

올 : '것들'의 안의 말은요?

영 : '무엇이 있다.'

올 : 무엇이 있는데요?

영 : 별들을 만드는 원료가 대개 근처에서 생긴다.

올 : 수명을 다한 별 조각, 가스층과 같은 것들도 포함되나요?

영 : 아니.

올 : 별들을 만드는 원료를 알려 주겠어요? 근처에서 생긴다는 원료.

영 : 달을 만드는 데 생긴 원료는 '<u>무엇이</u>' 있었다.

올 : '무엇이'의 안의 말은요?

영 : 달을 만드는 원료들. 하늘 속에 떠있는 것들, 여러 가지 원소들,

　　　'<u>많은 재료들</u>'.

올 : 그 원료들에서 별 조각, 가스층은 제외된다는 말이네요?

영 : 아니, 사용하기도 한다.

올 : 하지만 아까는 아니라고 하셨어요.

영 : 하지만 다르게 사용한다.

올 : 예를 들어, 별 조각은요?

영 : 별 조각은 부수어 사용한다.

올 : 가스층은요?

영 : 가스층은 사용하지 않는다.

올 : 비물질이 물질화되는 것과 같은 방법도 사용되나요?

영 : 아니.

올 : 하지만 원소들이 어떻게 별을 만들지요?

영 : 원소만 말하는 게 아니야.

올 : 대개는 부수어진 별 조각인가요?

영 : 아니.

올 : 다른 재료가 잘 생각이 안 나는데요. 부수어진 별 조각, 원소들, 많은 재료들, 물질 그대로인 별 조각들 외에 잘 상상이 안 되어서요. 또 어떤 재료들이 사용되었나요? '많은 재료들' 안의 것.

영 : 재료들?

올 : 네.

영 : 재료들은 주변에 많다.

올 : 어떤 것들인가요?

영 : 별들 근처에 떠도는 별들.

올 : 그렇군요. 그 별들이 다른 별 조각, 원소들, 그 외 또 다른 부수어진 것, 재료들이 합쳐져서 크게 되는 것인가요? 때로는 오히려 부수어져 나가 작게 되든가요. 별들이 만들어질 때요.

영 : 비슷하다.

올 : 지구의 달은요?

영 : 별들이 깎여 나가 작아졌다.

올 : 그렇군요. 왜 깎여 나가는 상황이 생겼나요?

영 : 별들이 부딪혀서 그렇게 됐다.

올 : 부딪히고 작아지는 과정에서 밀려나든가 튕겨서 지구의 영향권
　　안에 와 있게 된 것인가요?

영 : 아니.

올 : 원래 그 자리였어요?

영 : 그래.

올 : 깎이기 전이었다면 지구가 달을 돌았을까요?

영 : 아니, 지구는 만들기 전이었다.

올 : 달이 지구와 부딪혀 달이 깎였나요?

영 : 아니.

올 : 달에 부딪힌 것들은 소행성, 그런 류인가요?

영 : 비슷하다.

올 : 달은요?

영 : 소행성이 아닌 더 큰 운석들 같은 류이다.

올 : 그런 큰 운석들이 지구에 부딪힌다면 지구도 깎일 가능성도 있
　　나요?

영 : 비슷하다.

올 : 만일, 많이 깎인다면 달과 위치가 바뀔 가능성도 있나요? 지구가
　　오히려 달을 도는 상황 말이죠.

영 : 비슷하다.

올 : 달에 중심핵이 있나요?

영 : 달에?

올 : 네. 그러니까 지구핵 같은 그런 거요. 그냥 '핵'이라고 하지요.
　　달에 핵이 있나요?

영 : 아니.

올 : 알겠어요. 달은 무엇의 힘으로 지구를 도는 건가요?

영 : 그건 인력의 문제이다.

올 : 지구에 중력이 있지만 달을 끌어당겨 부딪치지는 않는데요. 달이 다른 별을 어느 정도 끌어당길 힘을 가졌나요?

영 : 비슷하다.

올 : 끌어당기는 힘이 핵에서 나오는 거라고 생각했는데, 달은 핵이 없으면 그것은 밀도에서 나오나요?

영 : 아니.

올 : 중량이 있는 물체는 시공간을 휘도록 만드나요?

영 : 비슷하다.

올 : 차이가 있군요?

영 : 그래.

그의 말은 "휘지 않는다."였다. 그것을 잘못 들은 것인가 하여 다시 확인했더니 "잘못 듣지 않았다."고 했다.

올 : 달에 산소를 만들면 생물체가 살 수 있는 환경을 만들 수도 있을까요?

영 : 비슷하다. 그러나 그건 과학이 필요하다.

올 : 만일 달이 하나 더 생긴다면, 지구 환경에 차이가 크게 날까요?

영 : 많이 난다. 위험하다.

올 : 달이 만일 없었다면요?

영 : 크게 차이나지 않는다.

올 : 애초부터 없던 상황에서 지구인이 시작했으니 그런 건가요?

영 : 그래. 그것과 비슷하다.

올 : 그렇군요. 알려 주어서 고마워요. 얘기 마쳐도 될까요?

영 : 마쳐도 된다.

2013. 1. 8.

(이 글은 독자의 질문에 의해 쓰였습니다.)

10

인도 캄베이만 해저유적의 비밀

올 : 인도 캄베이만 해저에서 건축물이 발견되었다는데요. 그것에 대
　　해서 알려 주시겠어요?

영 : 그래.

올 : 지금으로부터 9,000년 전 건축물로 추정된다는데요. 그 시대,
　　그 바다에 땅이 있었나요?

영 : 이미 있었다.

올 : 그 땅도, 마야인의 조상들이 살던 땅이 무너질 때 같이 무너진
　　것인가요?

영 : 비슷하게 무너졌다. 그러나 더 빨리 무너졌다.

올 : 무너진 그 땅에 살던 사람들은 마야인의 조상들보다 발달한 문화
　　를 가지고 있었을까요?

영 : 건축물, 많은 도시 그런 것이 있었다.

올 : 마야인의 조상들과 비교할 때, 평화로움은 어떠했을까요? 국민
　　성 같은 것이요.

영 : 그들의 국민성은 평화로왔다.

올 : 마야인의 조상보다 더요?

영 : 아니, 덜 했다.

올 : 그랬었군요. 그래서 외계인류가 그들을 선택했다고 했었어요. 그들은 하나의 민족이었을까요? 마야인처럼?

영 : 비슷하다. 하지만 이루어져 있었다. 여러 민족이.

올 : 지금은 어디로 가서 살고 있는 민족인가요?

그가 지도에서 가리킨 곳은 미국 남동부, 중남미, 멕시코에서 남아메리카 윗부분인 콜롬비아, 에콰도르, 베네수엘라, 과테말라 등등의 지역이었다.

올 : 그들이 그 당시에는 풍요로왔나요? 성곽 등 건축물이 있다니까, 어쩐지 그럴 것 같아서요.

상위영계에서는 그런 상황에 '풍요로웠'다고 하지 않기에 그들 방식대로 '풍요로왔었나요?' 하고 질문했다. '워'와 '와'가 품은 에너지가 다르기에 가려서 사용한다.

영 : 비슷하다. 풍요롭기가. 마야인의 조상보다 풍요로왔다. 그래서 풍요로왔다.

올 : 땅의 넓이는 어땠나요?

그가 지도에서 표시한 곳이 서쪽의 경도는 55도 정도, 동쪽의 경도는

78

95도 정도, 북쪽의 위도는 33도 정도였고, 아래로는 마야인의 조상들 땅과 경계를 이루고 있었다. 남쪽으로는 현재의 인도를 모두 포함하고, 미얀마, 네팔, 부탄, 방글라데시, 파키스탄의 70퍼센트 정도, 중국에서도 있고, 아라비아 해의 많은 부분, 벵골만, 이란 조금, 사우디아라비아 조금, 오만, 예멘의 절반 정도였다.

올 : 이들도 마야인들과 비슷한 경로로 이동했을까요?

영 : 똑같지는 않아도 거의 비슷했다.

올 : 떠난 시기도 비슷했겠네요?

영 : 그들도 거의 비슷하게 떠났다. 그러나 먼저 떠났다.

올 : 9천 년 전에 땅이 있었는지를 질문했을 때 "이미 있었다."고 하셨어요. 땅이 이미 있으니 그때 도시도 이미 있었나요?

영 : 비슷하다. 도시도 이미 있었다.

올 : 지구가 흔들리는 것이 여러 날 동안 이어졌나요?

영 : 아니.

올 : 여러 차례 흔들렸나요?

영 : 아니, 두서너 차례.

올 : 그것에 대해 알려 주겠어요?

영 : 그것은 몇 차례 지속되었다.

올 : 한 번 흔들리면 대략 얼마동안 흔들렸나요?

영 : 대략 50분 정도.

올 : 그럼 지구인이 하루 안에 다 겪은 건가요?

영 : 대략 하루나 이틀. 그러나 며칠 간 곳도 있다.

올 : 그렇게 되면 지진, 해일, 산사태 같은 것도 있을 것 같은데요?

영 : 하지만 그런 건 아니었다.

올 : 흔들리는데요?

영 : 그래도 그러진 않았다.

올 : 전혀요?

영 : 아니, 거의.

올 : 그렇게 지구가 흔들린 때가 지금으로부터 얼마 전쯤이었을까요?

영 : 대략 6천 년 쯤.

올 : 그리고 지구에 이상기온이 생겨 사람과 생물이 죽는 사건이 생긴 것이고요?

영 : 그래. 그것은 지구 전체에 있었다.

올 : 알려 주어서 감사해요. 얘기 마쳐도 될까요?

영 : 마쳐도 된다.

2013. 1. 10.

11

마야인들에게 온 신의 비밀

올 : 마야인들은 태양신을 받든다고 하네요. 그렇지만 그들이 받드
는 태양신은, 인도양에 있던 땅에서 그들 조상들이 살던 때에 찾
아왔던 외계인류라고 하셨던 것 같은데요. 그 외계인류인가요?

영 : 그래. 그들이 태양신이 되었다.

올 : 그러나 그 외계인류는 스스로도 사람임을 밝혔고, 마야 조상들
도 그들이 다른 별 사람임을 알았다고 했는데 왜 태양신으로 바
뀐 것일까요?

영 : 그들이 오랜 세월 거치다 보니 태양신이 되었다.

올 : 다른 별 중에서 저급한 인류가 마야인에게 다녀갔고 그것이 신
이 되었다고도 알려 주었지요. 지난번에, 마야인에 대해 쓸 때
요. 마야인에게 태양신은 예전의 태양신과 이 새로운 태양신, 둘
인가요?

영 : 하지만 다르다.

올 : 신이 둘이란 것인가요? 마야인에게는?

영 : 아니, 하나이다. 그들은 하나로 안다.

올 : 나중에 온 저급인류를, 예전의 우호적인 인류의 재방문으로 안
   것일까요?

영 : 아니.

올 : 그렇다면 어떻게 된 것일까요?

영 : 저급인류를, 예전의 호의적인 인류가 온 것으로 받아들였다.

올 : 재방문과 같은데요?

영 : 아니, 재방문이 아니다. 예전의 호의적인 인류가 그냥 온 것으
   로 받아들였다.

올 : 마야인에게, 예전의 조상들에게 다녀간 외계인류에 대한 것은 잊
   힌 상태였을까요?

영 : 거의 그렇다. 하지만 알고 있는 사람도 있지만 그냥 모든 걸 '그
   렇게 알고 있는 줄로' 알았다.

올 : '그렇게 알고 있는 줄로'는 무엇을 의미하나요?

영 : 그들이 잘못 기억하고 있거나 오직 '잘못 있는 걸'로.

올 : '잘못 있는 걸'은요?

영 : 그냥 잘못 이해하고 있는 것.

올 : 그들 입장에서는 신인데, 사람으로 알고 있다는 생각이요?

영 : 비슷하다. 그러나 조금 차이가 있다.

올 : 알겠어요. 그들에게 나타난 저급인류는 어디에 있을 때 나타났
   을까요?

그가 표시한 곳은 남아메리카 북부였다.

82

올 : 그들은 의심 없이 받아들였겠네요. 그 저급인류를요.

영 : 그래. 그들은 신이 방문한 것으로 알았다.

올 : 그 저급인류도 신으로 가장했겠군요.

영 : 그래. 그러나 다르다.

올 : 신으로 받아들인 것이 먼저라서 신처럼 행세한 것일까요?

영 : 비슷하다.

올 : 지구의 옛 사람들에게, 우주선을 타고 온 인류가 신인 척 가장하는 것은 아주 쉬웠을 거예요. 하늘에서 왔으니까요. 하늘에서 왔기에 의심할 수 없었을까요? 신이라고 생각할 수 없는 다른 것들이 드러나는데도요?

영 : 그래. 그래서 의심할 수 없었다. 그들에게 하늘에서 온 것은 신이었다.

올 : 그들의 신에 대한 묘사에는 큰 헬멧과 산소호흡기가 있다고 하네요. 거짓 신이 우주복을 입은 상태를 그린 것이겠지요?

영 : 그래, 그들에겐 신이었다.

올 : 그들은 왜 태양신이 되었을까요?

영 : 그들(마야인)이 만든 게 아니라 그들(신)이 말했다.

올 : 그 신은 진짜 모습을 드러낸 적이 없었을 것 같은데요. 예전 호의적인 인류와는 다른 이유로요. 그러니까, 신으로 위장하기 위해서요. 어떤가요?

영 : 그들은 드러내지 않았다. 그러나 위장하기 위한 것은 아니었다.

올 : 지구 환경이 우주복을 벗을 수 없는 조건이었나요?

영 : 그래. 그래서 벗을 수 없었다.

올 : 그랬군요. 그들의 외모는 지구인과 비슷했을까요, 아니면 차이

가 많았을까요?

영 : 지구인과 많이 차이가 있었다. 그러나 동물은 아니었다.

올 : 마야인은 남자 가슴을 칼로 꽂아 태양신에게 제사를 지냈었다고
　　해요. 정말 과거에 그랬을까요?

영 : 그들은 과거에 그렇게 했다. 그러나 지금은 아니다.

올 : 그들 신이 그렇게 요구했던 걸까요?

영 : 그들이 나타났을 때에?

올 : 네. 처음은 아니었겠지만 지내면서라든가요.

영 : 그들은 사람을 잡아먹었다.

올 : 설마 제가 잘못 받아썼나요?

영 : 이것?

그는 '그들은 사람을 잡아먹었다.'라고 쓴 것에 표를 했다.

올 : 네.

영 : 아니, 그대로다.

올 : 끔찍하네요. 사람이 그들의 식량이었을까요?

영 : 사냥하듯 그렇게 했다. 재미로.

올 : 그렇다면 마야인들은 그들을 신으로 여겼기에 대항하지 않았을
　　까요?

영 : 그래. 그래서 대항하지 못했다.

올 : 마야인은 피를 좋아하는 신을 위해 사람의 심장과 피, 동물 피도
　　바쳤었다고 해요. 그 신이 동물도 잡아먹었을까요?

영 : 그래, 동물도 잡아먹었다. 사람도 많고 동물도 많다. 그래서

사람도 잡아먹고 동물도 잡아먹었다.

올 : 마야의 신이 마야인을 떠난 이유는 무엇일까요? 과학적인 문제 때문이었을까요?

영 : 과학적인 문제 아니다.

올 : 그렇다면 마야의 신에게 어떤 문제가 있었을까요?

영 : 그들은 지루해졌다. 그래서 떠났다.

올 : 그들이 떠났을 때 마야에는 사람과 동물의 수가 현저히 줄었겠네요.

영 : 거의 없었다. 사람도, 동물도, 식물도 거의 다.

올 : 식물은 어째서요? 그들이 잡아먹은 것은 동물과 사람인데.

영 : 식물을 키우지 못했다. 마야인이 죽어나가서.

올 : 그렇군요. 그 저급인류가 지구의 다른 민족도 잡아먹었을까요?

영 : 아니.

올 : 그렇군요. 그들의 과학이 창조주의 벌을 받아 떨어졌겠네요.

영 : 그래, 떨어졌다. 그러나 영격은 더 떨어졌다.

올 : 그들의 과학이 발전하여 우주선을 만들게 되면, 또다시 다른 별을 침략할 가능성이 있겠지요?

영 : 그래. 하지만 꽤 오랫동안 그렇게 침략하지 못한다. 그러니 걱정하지 않아도 된다. 한동안 그러지 못할 것이다.

올 : 안심이 되긴 하지만, 아주 안심하지는 못해요. 지구인이 과학을 발전시켜 그런 일들을 대비해야 하지만, 지구 전체가 벌을 받는 일을 누군가가 발생시켜서는 안 되니까요. 과학과 의학, 군대, 권력자는 양날의 검과 같아서요. 지구인들 중에 그런 사람이 생기는 것을 지구인들 스스로 막을 방법은 있나요?

영 : 어렵다. 깨우치는 것은 각자가 해야 한다.

그러니 각자가 해야 한다. 그러니 어렵다. 그러니 걱정해도, 걱정하지 않아도 어쩔 수 없다.

올 : 정말 어쩔 수 없네요. 하지만 어쩔 수 없는 일이 생기지 않기를 바라고, 많이 깨우치기를 바라요. 오늘도 수고 많았어요. 얘기 마쳐도 될까요?

영 : 마쳐도 된다.

2013. 1. 13.

12

잉카인, 그리고 그들 신의 비밀

올 : 지난번에 잉카인들에게 왔다는 신의 정체가 저급한 외계인류라
　　 고 알려 주셨어요. 그 외계인류가 온 것은 잉카인들이 페루에 있
　　 을 때라고 하셨고요. 그 외계인류는, 마야인들에게 나타난 거짓
　　 신보다 늦게 온 것일까요?

영 : 더 빨리 왔다.

올 : 그 외계인류는 마야인들에게 온 거짓 신보다는 나은 편이라고 하
　　 셨어요. 그리고 잉카인들이 신에게 제물로 여자 가슴을 찔러 바
　　 치는 것은 나중에 조작된 얘기라고 그랬고요.

영 : 그래, 그랬다.

올 : 그렇다 해도 잉카의 신은 저급 외계인류인데, 못된 짓을 했을 것
　　 같은데요. 그들이 못된 짓을 했나요?

영 : 그들은 잔혹했다.

올 : 저런! 못된 짓 정도이지 않을까 생각했었지요. 얼마나 잔혹했던
　　 걸까요?

영 : 그들은 참혹하게 굴었다.

올 : 마야의 거짓 신들의 잔혹함과 거의 비슷했나요?

영 : 아니, 그들보다 덜 했다. 그러나 참혹했다.

올 : 잉카의 거짓 신들도 잉카인을 잡아먹었었나요?

영 : 비슷하다.

올 : 비슷하다면 어떠했었나요?

영 : 그들은 질문했다. 누구냐고.

올 : 그럼, 외계인류가 잉카인에게요?

영 : 그래.

올 : 민족을 질문한 걸까요?

영 : 그래.

올 : 지구에 있는 사람들 가운데 한 민족일 뿐인데, 외계인류는 그것
    이 왜 궁금했을까요?

영 : 그들은 민족을 찾으려 했다.

올 : 과거, 지구에 왔었던 외계인류였었나요?

영 : 그들이 찾으려던 민족은 다른 민족이었다.

올 : 지구가 흔들리기 전 그 땅에 살던 민족이요?

영 : 아니. 그 이전, 이후 여러 차례 왔었다.

올 : 자기들이 찾던 민족이 아닌 것을 알고 난 뒤에 그들 마음과 행동
    이 달라졌을까요?

영 : 아니.

올 : 하긴, 어차피 잔혹한 인류였으니 그렇겠군요. 그들은 잉카인에
    게 자신들을 신이라고 말했나요?

영 : 아니, 그들이 신으로 받아들였다.

올 : 이번에도 하늘에서 왔다는 사실 한 가지만으로 그렇게 속은 것
　　일까요?

영 : 그래. 그리고 무기를 들었다. 번쩍거리는 막대기.

올 : 잉카인들의 묘사에 나오는 벼락 막대기이군요?

영 : 그래, 그것이다.

올 : 그들 묘사에는 신이 30~60㎝의 작은 신으로 되어 있다는데요.
　　그 외계인류의 키가 그랬었나요?

영 : 비슷하다. 그러나 더 작은 건 아니다.

올 : 그렇군요. 그들이 그 번쩍거리는 막대기로 잉카인들을 죽였나요?

영 : 비슷하다.

올 : 재미로 사람을 해치는 것이요?

영 : 그래.

올 : 죽기도 하고 심하게 다치기도 하고 그랬을까요?

영 : 그래.

올 : 사람에게 그 정도면 동물에게도 그랬을 것 같네요. 그랬나요?

영 : 아니, 사람을 주로 했다. 그러나 동물도 했다.

올 : 마야인들에게 그랬던 것처럼, 잉카의 농작물도 많이 죽었나요?

영 : 비슷하다. 그러나 덜 죽었다. 사람이 얼마간 살아 있었다.

올 : 그 외계인류가 잉카를 떠난 것도 지루해서였을까요? 마야인들
　　의 거짓 신들처럼.

영 : 비슷하다. 그러나 그들보다 더 빨리 끝냈다. 그들은 잔혹하지
　　않았다.

올 : 마야인들의 거짓 신들보다는 덜 잔혹했다는 것이군요?

영 : 그래.

올 : 잉카를 떠난 그 외계인류는 원래 그 땅에 있던 민족을 찾아보았
    을까요?

영 : 아니, 그렇지 않다.

올 : 그 후로도 그들이 잉카인을 또 찾아왔었나요?

영 : 또 찾아왔었다.

올 : 찾아오면 또 사람과 동물을 재미로 죽이고 상하게 했겠네요.

영 : 그래.

올 : 마야인들은 거짓 신이 떠난 후에도 끔찍한 제사를 지냈었다고 하
    는데, 잉카인들은 왜 제사를 지내지 않았을까요?

영 : 그들은 그들이 싫었다. 그래서 제사를 지내지 않았다.

올 : 싫은 것은, 마야인들이 더 했을 텐데요. 마야인들은 공포 때문일
    거라고 생각되는데, 그런 걸까요?

영 : 비슷하다.

올 : 공포 때문에 제사를 지내기도 하는데, 왜 잉카인은 달랐을까요?
    신이라고 생각하면서 말이죠.

영 : 그들은 신이라고 해도 싫었다. 그래서 그렇게 했다.

올 : 왜 그들이 잉카인에게 태양신으로 알려졌을까요?

영 : 하지만 그렇지 않다.

올 : 어떤데요?

영 : 잉카인의 태양신은 다르다.

올 : 태양신이 따로 있었나요?

영 : 아니, 따로 있지 않다.

올 : 설명이 필요한데요.

영 : 태양신은 그들의 풍속이다. 그래서 그렇게 됐다.

올 : 태양신과는 다른 신으로 받아들였던 거군요?

영 : 그래. 그래서 같지 않다.

올 : 잉카인들도 조상들의 땅(인도양 속의 땅)에 찾아왔던 호의적인 외계
　　 인류 얘기를 전해 들었겠지요?

영 : 아니, 그들은 잊었다.

올 : 잉카인들은 마야인에 비해 학문을 덜 중요시했나요?

영 : 아니, 그렇지 않다. 그러나 덜했다.

올 : 그렇군요. 영계에서 일어나는 것이, 현실계와 시간이 다르니 현
　　 실의 제한된 삶을 사는 사람으로서는 조급해지는 일들이 생길 수
　　 도 있어요. 그들이(잉카인들의 거짓 신들) 지구가 흔들린 이전, 이
　　 후 그리고 잉카에도 다녀가는 긴 세월(지구 현실계로는) 동안 징벌
　　 이 없었나요?

영 : 창조주께서 징벌을 했는가하는 것?

올 : 네. 그 외계인류가 여러 번 다녀갔으니까요.

영 : 그렇지만 그건 다른 얘기다.

올 : 참혹함이 덜 해서요?

영 : 아니.

올 : 그럼, 현실계와의 시간 차이 문제인가요?

영 : 아니, 그렇지 않다.

올 : 그것에 대해 알아봐 주시겠어요? 잉카인들에게 다녀간 외계인류
　　 가 속한 별의 사람들에 내려진 징벌에 대해서요.

영 : 말해야 '한다'.
　　 그럼 말해야 한다.
　　 그래서 말했다.

첫째 줄 '한다'의 안의 말은 "말하면 그것이 '한다'가 된다"는 것을 뜻한다.

올 : 말해 주겠어요? 들을게요.

영 : 창조주께서 말씀하셨다. 잉카인들에게 일어난 일을 알고 계신다.

올 : 어떤 말씀을 하셨나요?

영 : '잉카인들에게 일어난 일을 알고 계신다.' 하셨다.

올 : 이것이 그때 그 외계 인류의 별 사람의 영혼, 영체들에게 하신 말씀인가요?

영 : 그래, 그러셨다.

올 : 그리고 또 다른 말씀이 있었나요? 아니면 그 말씀으로 징벌이 나갔나요?

영 : 그러면 그것이 징벌이 된다.

올 : 그렇군요. 그래서 그들에게도 징벌이 일어났겠네요.

영 : 그래, 그렇다.

올 : 알겠어요. 그렇다면 잉카의 거짓 신들의 외모는 지구 사람과 비슷했나요?

영 : 아니, 달랐다.

올 : 지구인들이 흔히 생각하는 외계인 외모가 있지요. 로즈웰에 추락했다는 외계인과 비슷했나요?

영 : 아니, 달랐다. 동물이 아니었다.

올 : 그럼 지구 사람 형체에 더 가까웠군요.

영 : 그래, 동물보다는 사람에게 더 가까웠다.

올 : 그랬군요. 알겠어요. 오늘 주제에 대해서 알려 주느라 수고하셨

어요. 얘기 마쳐도 될까요?

영 : 마쳐도 된다.

2013. 1. 15.

〈독자와의 대화〉

독 : 사람을 잡아먹는 외계인들이라니 덜 참혹하다고는 하지만, 끔찍한 건 마찬가지네요. 징벌이 있어서 다행이네요. 왜 징벌이 있는데도 침략하러 오는 걸까요?

올 : 현실계의 것은 시일이 걸리지요. 그 별 사람들이 보기에는 징벌로 갑자기 과학이 무너지는 것이 아니라 연이어 사고가 터지는 것 등이 될 수도 있지요. 그것이 징벌임을 아는 것은 그중 좀 나은 사람이 있다면 알 거고, 그 별에 속한 영혼들과 영체들은 모두 알게 됩니다.

독 : 지구에 다녀간 UFO들은 태양계에서 온 것인가요? 아니면 태양계 근처나 아니면 더 멀리서 온 것인가요?

올 : 지금까지 설명한 우주선들은 모두 멀리서 온 우주선들입니다.

13

태양

올 : 지구가 속한 태양계의 행성들과 그 위성들, 소행성들이 태양을
　　 공전하게 된 이유가 있을까요?

영 : 이미 정해져 있었다.

올 : 우주의 모든 별들이 자신과 가장 가까운 거리에 있는 별(태양 역할
　　 을 하는 별)을 공전하게 되어 있나요?

영 : 비슷하다. 그러나 아닌 것도 있다.

올 : 아닌 것은 적은 수의 별들인가요?

영 : 비슷하다. 그러나 다르다.

올 : 혜성이요?

영 : 이것도 포함되어 있다.

올 : 지구의 태양은 어떻게 생성되었나요?

영 : 태양의 생성?

올 : 네. 어떻게 만들어지게 되었는지, 그 과정이요.

영 : 태양은 '만들어졌다'.

그리고 만들어졌다.

그래서 만들어졌다.

그래서 말했다.

첫째 줄의 '만들어졌다' 안의 말은 설명하면 그것이 안의 말이 된다.

올 : 설명은요?

영 : 태양은 만들어졌다.

올 : 설명이 더 필요해요.

영 : 태양은 이미 있도록 되어 있었다.

올 : 태양계 안에 있는 별들에 생명체가 살기 이전부터요?

영 : 그래, 그렇다.

올 : 태양의 홍염은 주위에 비해서 차갑고 밀도도 높은 기체 덩어리가
    허공에 뜨는 현상이라는데요. 정말 주위에 비해 차갑고 밀도도
    높은 기체 덩어리인가요?

영 : 아니.

올 : 지구인이 홍염으로 부르는 그것은 어떤 것인가요?

영 : 그것의 온도는 '매우 높다'.

    하지만 주변은 '더 높다'.

    밀도는 아주 '아니다'.

올 : 기체 덩어리인가요?

영 : 아니, 기체 아니다.

여기에서 '매우 높다'의 안의 말은 '잴 수 없을 만큼 온도가 높다. 지

구의 온도계로 잴 수가 없을 만큼 높다.'이며, '더 높다'의 안의 말은 '그 곳은 더 높다.'이다. 그리고 '아니다'의 안의 말은 '밀도는 그리 높지 않다.'이다.

올 : 그렇다면 기체가 아닌 무엇으로 이루어져 있나요?

영 : 그건 기체 아닌 다른 것이다.

올 : 무엇인데요?

영 : 기체, 액체, 고체 아닌 또 다른 것이다.

올 : 지구에서 같은 종류를 찾아볼 수 있을까요? 홍염보다 아주 약하긴 하겠지만, 같은 성질 말이에요.

영 : 비슷한 게 있긴 해도 다르다.

올 : 코로나(태양 대기에서 가장 바깥층에 있으며 희게 빛나는 것)는 뜨거운 기체라고들 하는데, 실제로 그건 뜨거운 기체인가요?

영 : 뜨겁다. 그러나 기체 아니다.

올 : 액체, 고체도 아니고요?

영 : 비슷하다. 액체, 고체, 기체 아니다.

올 : 그것의 온도가 섭씨 100만 도가 넘는다고 하는데, 정말 그런가요?

영 : 그렇지 않다.

올 : 그럼 어떤데요?

영 : 100만 도보다 낮다.

올 : 표면인 광구의 온도는 섭씨 5,000도 ~ 6,000도로 알려져 있어요. 이것의 온도는 어떤가요?

영 : 그보다 낮다.

올 : 섭씨 5,000도보다 낮아요?

영 : 그래, 낮다.

올 : 흑점의 온도는 주변보다 낮은가요?

영 : 그래, 낮다.

올 : 흑점의 수가 주기에 따라 많아졌다가 줄어든다는데, 그래야 하는 이유가 있나요?

영 : 하지만 그런 게 아니다.

올 : 주기가 아니라는 얘기인가요?

영 : 그래, 아니다.

올 : 온도가 낮은 곳이 생긴 이유가 있나요?

영 : 흑점?

올 : 네.

영 : 흑점이 생기는 이유는 온도가 낮아서 그렇다.

올 : 더 설명하면요?

영 : 온도가 낮은 곳이 생기는 이유?

올 : 네.

영 : 태양에서 에너지가 높은 곳이 있고 낮은 곳이 있다. 그래서 생긴다.

올 : 홍염은 왜 생기나요?

영 : 홍염은 가스가 뜨는 것처럼 보인다.

올 : 지구인 눈에 그렇게 보인다는 것이지요?

영 : 그래.

올 : 실제로는요?

영 : 가스가 아닌 것이 밀려서 나간다.

올 : 에너지가 밀어내나요?

영 : 아니.

올 : 무엇이 밀어내나요?

나는 에너지 분출을 생각했다. 그는 내 생각을 읽고 말했다.

영 : 에너지가 분출하는 게 아니야.

올 : 무엇인데요?

영 : 태양에서 밀려나는 에너지들.

올 : 그렇군요. 현실계 사람의 오라가 엷어지거나 손상이 오면 그 부
     위에 해당하는 곳에 병이 듭니다. 이런 것을 보면 지구와 오존층
     의 관계도 사람과 흡사하다고 생각되네요. 이런 연관성도 창조
     주께서 계획하신 건가요?

'오라'는 일반적으로 알려진 오라(Aura)와 다르다. '오'를 조금 더 길게
발음하거나 '오로라'라고 발음하기도 한다. 일반적으로 알려진 오라는
후광(에너지)이지만, 이 오라는 몸의 일부이다.

영 : 비슷하다.

올 : 오존층은 생명체가 있는 다른 별들에서도 그렇겠지요?

영 : 비슷하다. 그러나 '<u>다르다</u>'.
     그리고 '<u>다르다</u>'.

첫째 줄에 있는 '다르다.'의 안의 말은 '지구와 같은 조건이면 같다.'

이고, 둘째 줄에 있는 '다르다.'의 안의 말은 '지구와 다른 조건이면 다
르다.'이다.

올 : 지구의 오존층 손상이 여러 군데서 생기면 남은 오존층에 더 균열
    이 생기거나 엷어지면서 위험성이 더 발생할까요?

영 : 지금은 아니다. 그러나 심해지면 그렇게 된다.

올 : 아예 구멍이 나면 그 아래 생명체는 죽게 되겠지요?

영 : 비슷하다. 그러나 죽지 않는 경우라도 상황이 심각하다.

올 : 균열이 나거나 엷어진 오존층이 보호해 주지 못해 사람이 해를 입
    으면, 혹시 유전자에 문제가 생길까요?

영 : 아니.

올 : 해를 입은 후에 생긴 자녀에게는요?

영 : 생긴다.

올 : 그 아이는 유전자에 문제가 생길 수도 있나요?

영 : 그래.

올 : 동식물은 어떤가요? 오존층의 균열이나 엷어진 것으로 인해 피
    해를 입을까요?

영 : 식물도, 동물도 다친다.

올 : 그 후에 번식하는 것은 어떤가요?

영 : 그 후에 번식하는 것은 다친다.

올 : 사람의 경우처럼요?

영 : 그래.

올 : 처음 손상 입은 것을 사람이 먹었을 때 사람에게는 어떤 피해가
    있게 될까요?

영 : 피해가 있게 된다. 피해가 있다.

　　　그러나 그런 것은, 섭취할 때는 각자에 따라 다르다.

올 : 손상 있은 후에 번식한 동식물은 유전자의 변화가 일어나나요?

영 : 그래, 일어난다.

올 : 그렇게 된 것을 사람이 섭취하면, 사람은 처음의 것(번식 전의 동식
　　　물)을 섭취했을 때보다 더 많은 피해를 입을까요?

영 : 피해가 더 크다.

올 : 사람이 화석 연료나 핵연료 등을 사용하지 않고, 태양 에너지로
　　　만 사는 것이 가능할까요?

영 : 가능하다. 그러나 풍요롭지 않다.

올 : 거기에 바닷물(분해 연료)을 곁들인다면 어떨까요?

영 : 그것보다는 풍요롭다. 그러나 더 풍요로운 것은 아니다.

올 : 태양, 지구의 바닷물, 그것 외에 천연적인 다른 연료를 개발할 수
　　　있는 자원이 지구에 있나요?

영 : 무궁무진하다. 그러나 그런 것은 사용하기 나름이다.

올 : 그런 것들을 사용하면 안전하면서도 풍요로울 수 있을까요?

영 : 그래, 그럴 수 있다.

올 : 알려 주어서 고마워요. 얘기 마쳐도 될까요?

영 : 마쳐도 된다.

2013. 1. 17.

14

대한민국에 나타난 UFO

올 : 지난번에는 고조선 때부터 조선 말기까지를 알아보았는데, 오늘
　　은 그 후에서부터 현재까지를 알려 주시겠어요?

영 : 그래, 할 수 있다.

올 : 고마워요. 어디서 우주선이 왔었나요?

영 : 그래, 왔었다.

올 : 언젠가 UFO 사진을 본 적 있어요. 집 마당에서 노부부가 일하
　　는데, 뒤의 집 지붕 뒤 하늘에 UFO가 찍혀 있었지요. 내게 있는
　　그 기억을 살펴봐 주시겠어요? 그리고 그날 그 지역에 정말 외계
　　우주선이 있었는지에 대해서도요. 어떤가요?

　　나는 그 사진의 기억을 떠올렸다. 그것은 TV 프로그램 〈1박 2일〉에
도 나온 UFO 사진이다.

　영 : 실제 우주선.

올 : 정말, 실제로 외계 우주선이었어요?

영 : 그래.

올 : 호의적인 인류였나요, 아니면 악의적이거나 또 다른 인류였나요?

영 : 그저 그런 인류.

올 : 한국에는 왜 나타났을까요?

영 : 그냥 살펴보러.

올 : 지구인이 경계해야 할까요? 그저 그런 인류니까.

영 : 그래.

올 : 그 인류가 전에도 지구에 나타났었나요?

영 : 그래.

올 : 그럼 그때 그들이 지구에서 못된 짓을 했었나요?

영 : 그들은 여러 가지 실험을 했다.

올 : 그곳에 나타났던 UFO의 외계 인류가 어떤 실험을 했나요?

영 : 그 인류 이전, 이후?

올 : 네. 이전, 이후.

'이전, 이후'라고 했지만 그때도 포함된 생각을 했고, '영계의 사람'도 포함해서 답을 했다. 그러니 설명하는 것은 그 외계 인류의 악행과 관련된다.

영 : 그들은 한국에서 한 건 아니다.

올 : 다른 나라에서는 어떤 못된 실험을 했는데요?

영 : 그들은 다른 나라에서 여러 가지 '실험'을 했다.

'실험'의 안의 말은 '그들이 여러 가지 사람을 죽였다. 그리고 여러 가지 동물, 식물들도 채집했다.'이다.

올 : '여러 가지 사람을 죽였다'는 것은 여러 인종이 그들에게 죽임을 당했다는 것을 의미하나요?

영 : 비슷하다.

올 : 답은요?

영 : 여러 인종, 여러 종류의 사람들.

올 : 납치해서 데려가 죽였을까요?

영 : 아니, 죽여서 버렸다.

올 : 실험한 후에 죽여서요?

영 : 아니, 죽여서 버리고 실험했다.

올 : 무엇을 살피려고 실험했을까요?

영 : 인간이 얼마나 똑똑한지, 똑똑하지 못한지 살피려고.

올 : 그렇군요. 그들의 죄가 아직은 차지 않아서 징벌이 내리진 않은 건가요?

영 : 이건 그들의 문제다.

올 : 다른 별 사람을 많이 죽였는데요?

영 : 하지만 그것의 '결과'는 약하다.

여기에서 '결과'의 안의 말은 '지구에서 벌어진 것'이다.

올 : 그렇긴 해요. 그들 개인은 사후에 죄가 가중되나요? 자신들 별 사람을 해친 것보다 더요.

영 : 그런 것은 그들이 결정할 문제다.

올 : 그들이 그런 것에 적용은 받는 단계의 인류인가요?

영 : 그건 모든 인류가 그렇다.

올 : 그들이나 그들 후손들이 또 지구에 나타나 악행을 할 가능성도 있네요?

영 : 그래.

올 : 그때의 그 우주선 말고 다른 것을 알고 싶어요. 1960년까지에 외계 우주선이 있었는지를 살펴봐 주세요.

영 : 있었다.

올 : 여러 별 사람인가요?

영 : 50년 말, 한 별.

올 : 1959년인가요?

영 : 1958년.

올 : 이들의 종류는요?

영 : 그저 그런 것.

올 : 또 실험을 했나요?

영 : 비슷하다.

올 : 한국에서요?

영 : 그래. 한국에서 했다.

올 : 실험 비슷한 것이라면, 정확히 어떤 것이죠?

영 : 그들은 사람을 해치려 했다.

올 : 그 한국 사람이 죽임을 당했나요?

영 : 하지만 죽진 않았다.

올 : 그렇다면 동식물은요?

영 : 그들은 사람을 해치려 했다.

　그들은 동식물보다는 사람을 죽이고, 실험하는 것에 관심이 있었던 것 같다.

올 : 한국에서는 죽은 사람이 없나요?

영 : 아니, 죽기도 했다.

올 : 다른 나라에서도 그들이 그랬나요?

영 : 그랬다.

올 : 그들이 사람을 죽인 이유는 무엇일까요? 실험? 재미?

영 : 그냥 실험.

올 : 1971~1980년에는 여러 별에서 왔다고 하셨는데, 그들은 어떤 종류들인가요?

영 : 이들은 모두 악행이다.

올 : 한국에서요?

영 : 한국에서도 그랬고, 다른 나라에서도 그랬다.

올 : 아까 언급한 것들보다 더 잔악했군요?

영 : 그래, 더 잔악했다.

올 : 그다음은 2011~2013년 오늘(1월 17일)까지인데요. 한 종족이 왔었네요. 이들은 어떤 종류인가요?

영 : 악행이다. 한국에서, 그리고 외국에서.

올 : 이들은 과거 한국에 왔던 종족인가요?

영 : 아니.

올 : 2011, 2012, 2013년 가운데 언제인가요?

영 : 2013년.

올 : 알겠어요. 알려 주어서 고마워요. 얘기 마쳐도 될까요?

영 : 마쳐도 된다.

대화에서 다룬 것은 대한민국의 영토에서와 육안으로 보이는 한계(공해상으로 보이는 것 정도)에서의 상황이다. 그러니 다른 나라의 영공에 나타났다거나 착륙한 것에 대한 대화는 나누지 않았다. 주변의 나라에 나타난 사례도 적지 않았다. 1958년에 우리나라에도 나타나 악행을 저질렀지만, 1959년에도 그런 것이 이웃 나라에 나타나 악행을 저질렀다고 한다. 그러나 둘은 서로 다른 별에서 온 우주선이었다.

2013. 1. 20.

15

지구의 지축에 관한 것

올 : 지구의 지축이 바로 서는 것은 없다고 하셨지요?

영 : 그래, 그렇다.

올 : 그렇지만 극점프는 이미 조금씩 있었다고 하셨어요.

영 : 그래, 그랬다.

올 : 이 극점프는 왜 있었던 걸까요?

영 : 그것은 지구에 있는 사람들이 만들어 냈다.

올 : 예언이라 생각한 것을 사람들이 이루어 내는 실수인가요?

영 : 비슷하다.

올 : 설명해 주시겠어요?

영 : 지구에 있는 사람들은 '그렇게' 했다.

'그렇게'의 안의 말은 '사람들은 이루어 냈다. 사람들은 그리고 만들어
냈다.'이다. 여기에서 '이루어'의 안의 말은 '사람들은 만들어 냈다.'는
것이며, '만들어'의 안의 말은 '설명하면 그것이 안의 말이 된다.'이다.

올 : '만들어'의 안의 말을 설명해 주겠어요?

영 : 사람들은 많은 것을 만들어 냈다.

그래서 그것도 만들어 냈다.

그래서 점프가 생겼다.

올 : 앞으로도 극점프가 올 가능성이 있다고 보아야 할까요?

영 : 지구인에게 달렸다.

그리고 다른 힘에 의해 막기도 했다.

올 : 극점프가 불러오는 것이 지진은 아니고 이상기온(쓰나미도 포함)이 있다고 하셨지요?

영 : 그래, 그랬다.

올 : 이 극점프가 지구 흔들림도 일으킬 위험이 과거에 있었거나 앞으로도 있을까요?

영 : 아니.

올 : 극점프가 지구의 자전에 문제를 일으킨다고 하셨어요.

영 : 그래, 그랬다.

올 : 그러나 공전에는 영향을 주지 않는다고 하셨어요.

영 : 그래, 그랬다.

올 : 자전에 문제를 일으키는데 공전 속도에는 왜 영향이 없는 걸까요?

영 : 지구의 자전은 지구가 도는 것이지만, 공전은 지구가 태양을 돈다.

올 : 그것은 알고 있죠. 기초적인 것 외에 좀 더 설명해 주시겠어요?

영 : 속도가 문제가 된다.

올 : 자전과 공전 가운데 어느 것이요?

영 : 지구의 자전으로 인해 공전에 영향을 준다.

올 : 그러게요. 꼭 그럴 것 같았어요. 무언가 미진했거든요. 다음 설

명은요?

영 : 그래서 '그렇게' 된다.

'그렇게'의 안의 말은 '그것이 그렇게 된다.'이며, '그것이 그렇게 된다.'에서 '그렇게'의 안의 말은 '속도가 문제가 된다. 지구의 자전으로 인해 공전에 영향을 준다.' 이다.

올 : 그런데 왜 아까는, 공전에는 영향을 주지 않는다고 하신 거죠?

영 : 그건 다른 얘기다.

올 : 아까도 같은 질문을 한 것이었는데, 답은 다른 얘기를 한 것인가요?

영 : 질문이 달랐다.

올 : 아까 한 질문은 '극점프가 공전에 영향을 주는가?'이고, 좀 전의 질문은 '극점프는 자전에 영향을 주고, 자전은 공전에 영향을 주는가?'의 순서여서인가요?

영 : 그래, 그렇다.

올 : 알겠어요. 그렇게 된 것이군요. 결국 공전에도 영향을 주어서 1년 안에 있는 시간들이 달라지는 것이지만, 지구 사람이 느끼기에는 별 차이가 없을 것 같네요.

영 : 그래, 그렇게 된다.

올 : 극점프로 쓰나미나 해일 같은 것이 생겼어요. 그러나 그것과 관련될(이 시대에 오기로 되었던) 것(대재앙 중의 일부)에 관련(맡은 역할이 있는)된 영체들(지구에 속한 영체들)은 자신의 현실계 사람이 생기기 전에 이미 알고 있었겠지요?

영 : 그래, 환생 전에 이미 알았다.

올 : 그래서 관련된 운명을 정한 영체들도 있었겠지요?

영 : 그래, 그랬다.

올 : 지구 흔들림은 과거에 있었지만, 앞으로 사람들이 겪을 일은 없다고 하셨어요. 그런데 휴거가 일어나면 생길 수도 있다고 하셨죠?

영 : 그래, 그랬다.

올 : 휴거에 대해서인데요. 지구인은 과거에 UFO를 타고 온 외계인류를 신으로 받아들인 것이 여럿 있었어요. 하늘에서 왔다는 이유만으로요. 휴거도 그래요. 하늘로 간다는 것만으로도 공중들림이 될 거라고 생각하고 있거든요. 왜 공중들림이 될 거라고 전해진 걸까요?

영 : 그건 사람들이 그렇게 '생각하기' 때문이다.

여기에서 '생각하기'의 안의 말은 '사람들이 미루어 짐작했다.'이다.

올 : 신께서 직접 사람들을 들어 올리게 할 것이라고 생각하기도 하지요. 그렇지만 관련된 것을 이미 암시했었어요. 그런데, 암시한 사람이 또 있나 싶을 만큼 놀라운 장면을 영화 속에서 발견했어요. 지구의 마지막 모습은 틀렸지만 말이죠. 그것을 만든 작가나 감독의 영체들이 그런 비슷한 장면을 넣게 했을까요?

영 : 하지만 지구에 그런 일은 여러 번 있었다.

올 : 그렇지요. 영화들을 보면 가끔 놀랍지요. 잘못된 영화도 있지만, 암시된 영화들이 여러 번 있었어요. 알고 있는 위험성을 생각나

게 하는 연관된 장면들, 이를테면 휴거와 다른 위험성들, 문제들이요. 어쨌든 아까 말한 그 감독이나 작가의 영체, 영혼은 알고 있었고 자신의 현실계 사람에게 영감을 주어 그런 비슷한 장면을 넣게 한 것이지요?

영 : 그래, 그랬다.

올 : 휴거는 사람들이 잊고 지내도 될 만큼 머나먼 미래에 일어날 수도 있는 것인데, 지구인의 영체, 영혼들이 알고 있었던 건가요?

영 : 아니다. 그들은 지구에 속한 사람들이 아니다.

올 : 그렇다면 영체와, 영혼은 다른 별 사람이에요?

영 : 그래. 영계의 사람이 그렇다.

올 : 그럼, 호의적인 인류의 영계의 사람들인가요?

영 : 그래. 그러나 그들 중 한 사람뿐이다.

올 : 알겠어요.

그는 그것에 대해 설명해 주었다.

올 : 누군지 여기에 쓰지는 않을게요. '지구에 그런 일은 여러 번 있었다.'고 하셨는데, 또 다른 영화 등에도 그런 일이 있었던 것이네요.

영 : 그래.

올 : 그런 영화 중에서 〈터미네이터〉와 〈매트릭스〉가 있지요. 이 영화들도 같은 종류인가요?

영 : 그래.

올 : 그 영화들 외에도 또 있었겠지요?

영 : 그래.

올 : 호의적인 외계인류 중에 현실계 사람이 결정해서 도움을 주러 오는 경우는 적군요. 악의적인 외계인류가 우주선으로 오는 경우는 많았고 말이죠. 영계의 사람들이 섭리에 따른 절차를 밟아 지구에서 환생의 길을 택해 무언가 일을 하는 경우가 더 많네요. 그들 거의가 지구에서 환생하는 것은 단 한 번뿐이겠지요?

영 : 그래, 한 번뿐이다. 대개들.

올 : 그렇게 영계의 사람들이 다른 별에 가서 환생을 통해 알리기로 결정할 때, 자신들보다 위의 누군가로부터 명을 받아서 하는 경우도 있었나요?

영 : 그래. 하지만 너의 경우는 다르다.

올 : 네. 그들(영계의 사람)의 경우는 보내심을 받고 온 경우가 되겠지요?

영 : 그래. 그리고 그들의 사람이 한 것에 대한 것이 아니라, 사람이 한 것이 그렇다.

올 : 영체가 보낸 영감에 의해 올바로 한 것일 경우를 말하는 것이지요?

영 : 그래, 그렇다.

올 : 알겠어요. 알려 주어서 고마워요. 얘기 마쳐도 될까요?

영 : 마쳐도 된다.

2013. 1. 22.

16

유럽인은 어디에 있었을까

　지구의 흔들림으로 대지에는 변동이 생겼고, 살고 있는 기반이 불안한 사람들은 안전한 땅을 찾아 대이동을 시작했다. 그렇다면, 자신의 민족이 오랜 세월 살아 내려온 곳에 원래부터 살고 있었다고 볼 수만은 없다.

　유럽인은 어떨까? 그들은 어디에 살고 있었을까? 그래서 채널링을 하기 전에 세계지도부터 챙겨 펼쳐 놓았다. 그리고 제목을 정하여 적어 놓고, 그것에 관해 지금 쓸 수 있는지 질문을 했다.

올 : 유럽에 있는 나라의 민족들이 모두 비슷한 곳에서 이동해 온 것
　　 일까요?

영 : 비슷하다.

올 : 프랑스를 우선 생각해 볼게요. 프랑스인은 어디서 살다가 온 민
　　 족인가요?

그는 연필을 쥔 내 손에 힘을 실어 프랑스에서 러시아를 거쳐 알래스

카, 캐나다의 처칠 북부, 미국 동남부, 멕시코를 거쳐 멕시코 서부의 태
평양에 표시를 했다. 프랑스인이 살던 땅도 무너져 태평양에 잠겨 버렸
던 것이다. 아메리카 대륙에서의 그들이 온 길 중, 행로는 마야인들이
간 길과 흡사했다.

올 : 프랑스인이 살던 곳은 멕시코 땅도 포함되나요?
영 : 아니, 멕시코는 다른 나라다.
올 : 현재는 어떤 나라에 해당될까요?

그는 아프리카 북부를 표시했다.

올 : 프랑스인들이 이동해 올 무렵, 비슷한 곳에서 와서 유럽인이 된
    나라들은 어느 나라들인가요?

그는 대개의 유럽인들이 이동해 온 곳이 미국 서부와 그 옆에서 태평
양이 된 곳에 있었다고 했다. 북유럽, 유럽, 영국, 포르투갈 등도 거기
에 속했다. 이들은 모두 미국 서부와 태평양에 살던 사람들의 후손이
었다.

올 : 흔들림 이전에는 바다보다 땅이 많았었나 보네요. 그랬었나요?
영 : 지구에 땅보다 바다가 적었다.
올 : 그렇다면 바다의 수위는 그때와 비교하여 어떤가요? 바다는 넓어
    졌지만 그래도 땅이 무너져 가라앉았으니 어떤가 해서요.

그는, 현재의 수위는 과거보다 높다고 했다.

올 : 바다가 늘어났는데도 과거보다 높은 수위라면 땅이 정말 많이 무
　　너져 가라앉은 것이네요.
영 : 그래, 많이 가라앉았다.
올 : 유럽인은 태평양과 미국 서부에 살 때 발달한 문화를 가지고 있
　　었나요? 마야 조상과 비교해서요.
영 : 그들은 마야인보다 뒤떨어졌다.
올 : 인도 지역에 살던 마야 조상보다 뒤떨어졌다는 것인가요?
영 : 그래, 그곳에 살던. 그러나 인도는 아니다.
올 : 그렇지요. 그들의 땅도 거의 바다가 되었으니까요. 지구 흔들림
　　이전에 그 당시 마야와 잉카의 조상들보다 더 발달한 문화를 가
　　진 사람들이 있었나요?

　그는 이것에 대해서 표시를 했다. 언뜻 이해가 가지 않았다. 왜냐하
면 그가 표시하고 말한 것이 요괴가 형성되는 공간을 말한 것이 아닐까
생각되었기 때문이다. 사람들이 겪는 세계는 여러 공간과 차원이 있는
데, 그중 하나를 말한 것이 아닐까 생각되었다. 그래서 그런 곳을 말하
는 것이 아니냐고 했는데, 그는 현실계에서의 땅이라고 했다. 그 땅에
대한 것을 다음에 알려 주겠는지를 묻고 답을 들은 뒤, 나와 그는 대화
를 마치는 말들을 했다.

2013. 1. 23.

17

터키인의 조상은 어디에 살았었나

올 : 지금의 터키인은 지구 흔들림이 일어난 후에 다른 곳에서 그곳으
　　로 와서 살기 시작한 사람들의 후손인가요?

영 : 다른 곳에서 왔다.

올 : 어디서 살던 민족인가요?

　그가 표시하기 위해 원을 그린 곳은 북아메리카와 남아메리카를 연결
하는 부분인 멕시코, 미국 남부인 마이애미, 멤피스, 뉴올리언스, 휴스
턴, 과테말라, 니카라과 등등과 동서 바다의 일부였다. 유럽인의 조상
이 살았던 곳의 일부인 태평양 속의 땅과 닿아 있는 곳도 있었다.

올 : 여긴 유럽인의 조상들이 살던 곳인데요.

영 : 그 아래. 그것과 닿아 있다.

올 : 과테말라와 그 아래 지역의 땅이 지금은 잘록하지만 그때는 넓
　　었군요?

영 : 그래, 넓었다.

올 : 지금의 터키 땅보다 넓은 대륙에 살았었네요?

영 : 아니, 그들이 다 차지한 것은 아니다.

올 : 그렇군요. 그럼 방금 표시한 땅에서 터키 주변(동·남부)의 나라
민족들이 살았나요?

영 : 비슷하다.

올 : 현재의 나라 등을 표시해 주겠어요?

그가 표시한 곳은 터키, 이란, 조지아, 아르메니아, 아제르바이잔, 우
즈베키스탄, 투르크메니스탄, 파키스탄, 파키스탄 북동부 소수민족, 이
집트, 오만, 시리아, 이라크 이지만 아프가니스탄은 제외되었다.

올 : 그들이 온 경로도 유럽인들과 비슷한가요?

그는 경로를 표시했는데 비슷했다. 그가 표시한 곳은 남아메리카의
북쪽 끝 부분, 파나마, 콜롬비아의 북쪽 끝 부분, 베네수엘라의 북쪽
끝 부분까지였다. 그리고 그들이 살던 땅은 현재의 미국보다 조금 큰
땅이었다.

올 : 쿠바, 도미니카 공화국, 아이티 등도 거기에 포함되는데요. 땅이
가라앉아서 섬들이 되었군요.

영 : 그래. 그렇게 해서 섬이 생겼다.

올 : 쿠바에 살던 민족은 현재 어느 나라의 민족인가요?

그가 표시한 곳은 사우디아라비아의 리야드 위쪽이었다.

올 : 사우디아라비아인인가요?

그는 그 지역에만 원을 그려 표시하고 말했다. 사우디아라비아 전체
가 아니라 표시한 곳에 있는 민족이라고 했다.

올 : 그들은 발달한 문화를 가진 민족이었나요?
영 : 그래, 발달한 민족이었다.
올 : 어떠한 문화를 가지고 있었나요?
영 : 그들은 석축도 발달했고, 도시도 만들었다. 그 외에도 다양한 문
　　화를 가졌다.
올 : 글과 말도 고유한 것을 가졌었나요?
영 : 고유하지 않았다.
올 : 글도 사용했었나요?
영 : 그래. 현재의 말, 그리고 글.
올 : 그 주변에 있던 민족도, 발달한 곳의 후손이 있나요?
영 : 다 발달하진 않았다.
올 : 쿠바에 살던 민족 외에 또 발달한 곳의 후손은요?
영 : 여기쯤.

그가 표시한 곳은 코스타리카 서쪽의 태평양인데 경도 100도, 위도
10도쯤이다.

올 : 현재는 어느 나라 민족이 되었나요?

그가 표시한 곳은 이라크와 이라크 동쪽인 곳—이란의 일부로 이라크보다 좀 작은—이었다.

올 : 그들의 문화는 쿠바에 살던 민족과 비교하여 어땠었나요?

영 : 쿠바에 살던 민족보다 나았다.

올 : 그렇지만 바다에 다 잠겨 버렸군요.

영 : 그래. 하지만 있는 곳도 있다.

올 : 작은 섬들로요?

영 : 아니, 바닷속에.

올 : 유적 등으로요?

영 : 그래. 그렇게 부른다. 지구인은.

코스타리카 서쪽 태평양 속에 유적이 가라앉아 있다는 것이었다.

올 : 그렇군요. 거기 있군요. 아까 표시할 때, 버뮤다, 마의 삼각지대는 가라앉은 땅에서 벗어났다고 하셨어요. 그때도 버뮤다 삼각지대는 바다였었나요? 아니면 또 다른 땅이 있었나요?

영 : 아니, 땅이 아니었다.

올 : 그때 그 지역에는 사고가 흔하진 않았겠네요. 왜냐하면, 아틀란티스나 뮤는 세계인의 대 이동 후에 만들어진 것 같으니까요.

영 : 거긴, 사고가 아니다.

올 : 역시, 멀쩡했던 바다였군요.

영 : 그래, 멀쩡했다.

올 : 오늘도 알려 주어서 고마워요. 얘기 마쳐도 될까요?

영 : 마쳐도 된다.

2013. 1. 27.

〈독자와의 대화〉

독 : 저승에 가면 이 우주의 모든 일들을 다 알 수 있나요? 저승에 간
     다고 아는 것은 아니겠지요?

올 : 일반적으로 혼령이 되면 이승과 저승에 대해 좀 더 알 뿐입니다.
     그러니 혼령이 되어도 각자의 영계의 사람이 알고 있는 것을 알
     수는 없습니다. 적어도 가르쳐 주기 전에는 그렇습니다.

18

바닷물 속의 소금

올 : 다른 별의 인류 중에서 일부가 지구에 와서 최초 인류가 되었을
　　때, 그때도 바다가 있었나요?

영 : 있었다.

올 : 물도 채워져 있는 바다였나요?

영 : 그래, 그랬다.

올 : 지구 흔들림 이전까지의 형태 그대로였어요?

영 : 비슷하다.

올 : 최초 인류가 지구에 있게 되었을 때도 바닷물에 짠기가 있었나요?

영 : 그래, 그랬다.

올 : 만일 바다가 없었다면, 그들은 지구가 아닌 다른 별로 갔을까요?

영 : 그건 그들의 결정이다.

올 : 하지만, 기록을 알 수 있으시잖아요.

영 : 그래, 알 수 있다.

올 : 별을 선택하는 데 바닷물이 조건 중 하나가 되었을까요?

영 : 그래.

올 : 사람들이 알고 있는 것처럼, 지표면의 물질이 비에 녹아 흘러들어가 염화나트륨(소금)이 되었을까요?

영 : 여러 가지가 녹았다.

올 : 소금이 물에 잘 녹기도 하지만, 염전에서는 햇빛만으로도 소금을 잘 만들어 내거든요. 미네랄 등 여러 가지가 포함되어 있다고 해도 거의 소금이에요. 왜 그렇게 소금 성분이 많을까요?

영 : 다른 것은 잘 녹지 않는다.

올 : 소금을 구성하는 성분 중 가장 많은 것이 염소이온이라는데, 이 염소성분이 화산폭발로 많이 유입되었나요? 예를 들면, 하와이의 화산 같은 것에서요.

영 : 비슷하다.

올 : 바닷속에서 화산 폭발로 섬이 만들어질 때 염소성분 유입이 많았겠지요?

영 : 비슷하다.

올 : 답은요?

영 : 화산이 생겨나서 섬이 만들어질 때 만들어지는 것은 염소 이외에도 많다.

올 : 나트륨을 말하는 건가요?

영 : 그래.

올 : 나트륨은 풍화작용에 의해 바다로 유입되었다고 알려져 있는데, 정말 그런가요?

영 : 그래.

올 : 결국, 그래서 염화나트륨이 만들어진 건가요?

영 : 그래. 그렇게 알려져 있다.

올 : 진실도 그대로인가요?

영 : 아니, 다르다.

올 : 무엇인가요?

영 : 화산이 바닷속에서 폭발하면 많은 것이 생겨난다.

올 : 그다음은요?

영 : 거기서 '많은 것'이 녹아내린다.

　'그래서' 생겨난다.

'많은 것'의 안의 말은 '소금, 바위, 용암, 마그마, 그런 것들'이다. 그리고 '그래서'의 안의 말은 '소금이 생겨난다.'이다.

올 : 그렇다면 소금 자체가 화산이 폭발할 때 녹아나온 것이군요.

영 : 그래.

올 : 다른 성분이 녹아나와 바닷속에서 결합이 아닌, 염화나트륨 자체로요?

영 : 아니, 녹아서 결합한다.

올 : 염화나트륨의 성분이 지표에서 녹아 유입되어 결합하는 것도 있나요?

영 : 아니, 약하다.

올 : 그렇군요. 그럼, 최초 인류가 지구에 있기 전부터 바닷속에서 화산 폭발은 있었던 거네요?

영 : 그래. 하지만 적었다.

올 : 오랜 세월이 지나면 지구의 바다는 더 짠물이 늘어날 가능성이

있네요.

영 : 그건 소금을 얼마나 캐느냐에 달렸다.

올 : 그렇군요. 채취량이 많이 줄거나 많이 늘어서 염도의 차이가 많
   이 나면, 바다 생물의 생존을 위협할 수도 있겠네요. 화산폭발에
   의해 조절되지 않는다면 말이죠.

영 : 그래, 그럴 수 있다. 그러니 잘 살펴야 한다. 지구인이.

올 : 알겠어요. 알려 주어서 고마워요. 얘기 마쳐도 될까요?

영 : 마쳐도 된다.

2013. 1. 29.

(이 글은 독자의 질문에 의해 쓰였습니다.)

19

석유의 생성

올 : 석유의 생성은 미생물 사체나 작은 동물이 땅속에 묻혀 생긴다는
 데, 그것이 맞는 건가요?

영 : 비슷하다.

올 : 답은요?

영 : 그것만 가지고 생기지는 않는다.

올 : 그렇긴 하죠. 오랜 세월이 흐르고, 높은 온도로 열이 발생하고,
 큰 압력이 생기면 석유가 생성된다고 해요. 그건 맞는 걸까요?

영 : 비슷하다.

올 : 설명을 해주겠어요?

영 : 석유의 생성에 대해서?

올 : 네, 석유의 생성에 대해 설명해 주세요.

영 : 석유는 알고 있는 것처럼 '그렇게' 된다.

'그렇게'의 안의 말은 '석유를 설명한 것과 같다'는 것을 의미한다.

올 : 석유의 생성 과정이 알려진 것 그대로인가요?

영 : 비슷하다. 그러나 다른 것도 있다.

올 : 다른 것에 대해 알려 주겠어요?

영 : 그래.

올 : 무엇인가요?

영 : '석유는 동물 사체로 생긴다' 그건 아니다.

올 : 동물 사체는 석유가 될 수 없다는 얘기인가요?

영 : 아니, 되기도 한다.

올 : 차이점은요?

영 : 많은 것 중에 작은 일부는 동물 사체이다.

올 : 미생물 사체도 석유가 될 수 있나요?

영 : 그건 얘기했다.

올 : 석유 생성에 대해서는 미생물 사체도 동물 사체에 해당되는 것
    인가요?

영 : 비슷하다.

올 : 그럼, 미생물 사체도 석유가 되는 것이군요?

영 : 그래.

올 : 동물 사체나 미생물 사체나 많은 것의 일부인데, 나머지는 무엇
    인가요?

영 : 그건 '여러 가지'로 된다.

'여러 가지로'의 안의 말은 '무언가 있다.'이다.

올 : '무언가'에 대해 설명해 주겠어요?

영 : 많은 것이 만들어진다.

올 : 많은 것이 원료가 된다는 얘기인가요?

영 : 그래.

올 : 많은 것 안에는 무엇이 있을 수 있나요?

영 : 여러 가지들.

올 : 조개껍데기도 해당되나요?

영 : 그래.

올 : 동물성 성질을 가진 것은 무엇이든지 해당되나요?

영 : 비슷하다. 그러나 사람은 아니다.

올 : 사람이 아닌 동물성 성질을 가진 것은 무엇이든지 원료가 될 수
　　있다는 말인가요?

영 : 그래. 그러나 사람도 가능하다.

올 : 그렇군요.

　석유에 대한 대화는 이렇게 마쳤다. 글을 언뜻 보면 알려진 것과 별
반 다르지 않아 보일 수 있다. 그러나 그는 글을 읽는 사람들의 충격을
줄이기 위해 말을 조금 감추는 대화를 한 것이었다. 석유는 지구 흔들
림과 연관이 있다.

2013 . 1 . 31.

(이 글은 독자의 질문에 의해 쓰였습니다.)

〈독자와의 대화〉

독 : 여기서 영께서 말씀하신 바는, 석유는 우리에게 알려진 각종 동
　　물성 유기물질보다 훨씬 큰 다른 원인으로 인해 생성되어졌음을
　　의미하시는 것 같은데요.

올 : 짚어낸 것처럼 다른 원인으로 생성된 것도 있지요. 지구 흔들림
　　때 수많은 사람도 사망했어요.

독 : 그동안 여러 차례의 격변들이 있었음은 많은 화석기록들이 입증합
　　니다. 그런데 석유에 대해서는…… 만약 격변기 때 사망했던 사람
　　들의 사체가 석유가 되었다고 한다면, 어떤 누군가가 사체들을 모
　　두 끌어 모아 구덩이에 집어넣었다는 결론밖에는 나오질 않네요.

올 : 구덩이에 집어넣을 필요도 없지요. 땅이 무너지고 부서지고 화산
　　이 터지고, 그 외에도 많은 천재지변이 있었습니다. 지구가 직접
　　구덩이에 던져 넣은 셈이지요.

독 : 그렇더라도 그렇게 특정 장소의 공동에 수많은 사람들의 사체가
　　일시에 몰렸으리라 생각하기는 힘듭니다. 혹시 다른 이유가 있
　　지 않을까요?

올 : 사람들의 사체가 수없이 많다는 것은 맞는 말입니다. 하지만 한
　　군데로 몰리는 것은 바닷속의 일입니다. 또, 땅은 많은 것이 한
　　군데 몰리도록 움직였습니다.

독 : 그건 좀 상상하기 어렵군요.

올 : 어느 민족이 사는 땅에서 40억~50억 명이 사망한 경우가 있습
　　니다. 지구 흔들림은 그렇게 무서운 것이지요. 위의 것을 상상하
　　기는 어려울 수도 있겠지요. 아니, 상상하고 싶지 않은 내용입니
　　다. 그러나 답을 제대로 쓰기 위해 '영계의 사람'에게 다시 질문
　　하고 얻은 것을 쓴 것입니다.

20

동태평양 속으로 사라진 문명

 "16. 유럽인은 어디에 있었을까?" 편의 글 말미에 마야와 잉카의 조상들보다 더 발달한 문화를 가진 사람들이 있었느냐는 질문에 그가 가리켰던 곳은 동태평양이었다. 그곳은 뮤 대륙이 있었다고 알려져 온 태평양의 일부였다. 유럽인의 조상들과 터키인의 조상들 땅이 태평양 바닷속에 있기도 하니, 그것에서 유적이 발견되어도 뮤 대륙의 것으로 잘못 알려질 수도 있다. 그 땅들과 가깝게 있었던 이 가라앉은 땅도 뮤 대륙으로 오해될 수 있는 땅이다. 더구나 이 땅에 살던 민족은 발달한 문화를 지녔던 민족이라고 했다. 그리고 지구 흔들림 이전에는 바다보다 땅이 더 많았다고 했었다. 그렇다면 태평양, 인도양, 대서양에는 땅들이 얼마간 있었던 것은 어찌 보면 당연한 얘기겠다.

 올 : 그 땅은 다른 대륙 그리고 터키인의 조상 땅과 연결되어 있었나요?
 영 : 하지만 떨어져 있었다.
 올 : 그 사이는 바다였나요, 아니면 또 다른 땅이 있었나요?

영 : 하지만 바다였다.

올 : 유럽인의 조상 땅과는 어떤가요?

영 : 거긴 바다였다.

올 : 그렇군요. 그 땅을 알려 주겠어요?

그가 지도에 표시해 준 곳은 위로는 하와이 섬이 가까웠다.

올 : 이 땅의 문화보다 더 발달한 문화를 지닌 사람들이 태평양에서
    사라진 땅에 있었나요?

그는 또 다른 땅을 가르쳐 주었다.

올 : 그곳(또 다른 땅)에서 뮤 대륙의 전설이 시작되었을까요?

영 : 하지만 여러 땅이 합쳐져서 전설이 됐다.

올 : 그렇군요. 그러나 아틀란티스와 뮤는 다른 공간에서 있던 일이
    되었을 거라고 생각되는데요. 그런가요?

영 : 아니.

올 : 다른 차원으로 보아야 하나요?

영 : 아니.

올 : 다른 채널러가 들었다며, 아틀란티스와 뮤가 실제로 있었다고 말
    했다고 하네요. 직접 읽은 것은 아니에요. 왜 그런 것을 채널러
    에게 알려 주었을까요?

영 : 그는 다른 별 사람이었다.

올 : 현실계의 사람이었겠지요? 그러리라고 생각해요.

영 : 그래, 그랬다.

올 : 내 생각이 맞았군요. 그래서 그는 모든 것을 꿰뚫어 볼 수 없었던 거군요. 그렇더라도 전설뿐이라면 왜 그렇게 말한 걸까요?

영 : 전설이 아니었다.

올 : 공간도 아니고, 차원도 아니고…… 요괴가 형성되는 것과 같은 맥락인가요?

영 : 그래.

올 : 그걸 뭐에다 놓아야 하나요? 차원, 공간 아닌…….

영 : 그런 것은 다른 얘기다.

올 : 주제에서요? 아니면 구별에서요?

영 : 구별에서다.

올 : 다음에 다시 다룰 수 있을까요?

영 : 그래.

올 : 알겠어요. 지금은 땅으로 돌아가지요. 그 땅의 아래쪽은 적도에 걸쳐 있어요. 그렇게 뜨거운 곳에 사는 민족이 문화가 발달했었다니 잘 믿기지 않네요. 그때도 그곳이 적도였나요?

영 : 아니. 그렇지 않다.

올 : 그때는 적도가 어디였어요?

그가 지도상의 태평양에서 가르쳐 준 곳은 북위 40도. 그곳이 그 당시는 0도인 적도였다고 했다.

올 : 다른 대륙은 섬이 좀 남았는데, 여긴 크리스마스 섬 정도의 작은 것뿐이군요. 팔미라 제도는요?

팔미라 제도의 일부는 땅 안에, 일부는 밖이라고 했다.

올 : 그 땅에 살던 민족은 어디로 가서 살게 되었나요?

그가 가리킨 곳은 남아메리카 북부인 콜롬비아, 베네수엘라 지역이
었다.

올 : 남아메리카 북부의 그 지역 민족이 거의 모두 그 땅에 살던 사람
　　 들의 후손들은 아니겠지요?
영 : 그래. 다른 민족도 섞여 있다.
올 : 땅이 다 가라앉았다고 해도 과언이 아닌데요. 어떻게 살아남았
　　 을까요?
영 : 거의 모두 사망했다.
올 : 그렇군요. 그들은 도시, 성곽 등도 세웠겠군요.
영 : 그래. 그리고 더 있었다.
올 : 피라미드인가요?
영 : 아니.
올 : 무엇인가요? 더 있었다고 한 것.
영 : 말, 글 그리고 다른 것들.
올 : 한국 민족처럼 고유한 말, 글이 있었나요?
영 : 아니, 고유하지 않다.
올 : 과학도 발달했었나요?
영 : 아니.
올 : 혹시 지구 흔들림 이전의 어느 때, 지구인이 요즘 정도의 과학과

문화 비슷하게 누린 적이 있었나요?

영 : 아니.

올 : 마야 잉카의 조상들, 유럽인, 터키인은 이동 경로가 아주 길어
요. 그러나 이들은 더 발달한 문화를 가졌으면서도 멀리 가지를
않았네요. 더구나 적도와 가까워요. 그것이 그들의 선택이기는
해도, 적도 가까운 곳에 위치한 그 선택 때문에 오히려 과학과 문
화가 더 뒤떨어진 것 같네요. 왜 그런 선택을 했을까요?

영 : 그들은 멀리 가지 못했다.

올 : 사람이 너무 없어서인가요?

영 : 그리고 사람이 없었다.

올 : 대체 얼마 정도가 살아 남았길래요?

영 : 40명~50명 사이.

올 : 참담했겠군요. 그러네요. 그래서 멀리 가지 못했군요? 알겠어
요. 그 왼 쪽 옆의 사라진 땅에 대해서도 다음에 알려 주겠어요?

영 : 알려줄 수 있다.

올 : 고마워요.

우리는 얘기 마치는 말들을 했다.

2013. 2. 3.

〈독자와의 대화〉

독 : 지구상에서는 사람과 사람 사이에 계급이 있습니다. 영계에서도 이러한 상하관계가 있는 거 같기도 하고, 또 아닌 거 같기도 합니다. 저승에 가면 나를 심판하는 사람이 있으니, 상하관계가 있다고 봐야 하나요? 영계는 지구와 같은 상하관계가 없기를 바랍니다. 모두가 평등한 세상은 없나요?

올 : 저승영계는 평등한 부분이 많이 있습니다. '완전히'라고 할 수 없는 것은 그곳에도, 살아생전의 업의 결과에 의해 힘과 계급과 또 다른 것에 따라 처지가 달라지기 때문입니다. 물론 모두들 사후 심판을 거친 뒤라 평등한 마음이 많이 생길 수는 있습니다. 하지만 모두가 평등한 세상이라…… 그런 곳은 아무 데도 없습니다. 현생의 결과에 따라 혼령계, 저승영계, 후생의 삶이 영향을 받습니다. 〈혼령들의 세계 들여다보기〉를 한 번이라도 읽었다면, 사후 세계를 몰라서 오는 두려움에서 벗어날 수 있습니다. 그리고 남은 현생에서 달라진 삶을 선택한다면 혼령계와 사후심판, 저승영계에서 다른 혼령들보다 월등히 잘 지낼 수 있습니다. 후생에서도 더 나은 환경이 선택됩니다.

21

서 사모아 섬은 큰 대륙의 일부였다

"20. 동태평양 속으로 사라진 문명" 편에 나온 또 다른 해저의 문명은 북으로는 미드웨이 제도 가까이이고, 남으로는 서 사모아가 들어 있었으며 통가 가까이이고, 서쪽에는 날짜변경선 너머까지이고, 동으로는 지난번 찾은 대륙과 거의 닿아 있었다. 지도상에서 하와이 제도는 포함되었지만, 하와이 섬은 빗겨 있는 것 같았다.

올 : 땅이 가라앉은 후에, 그 사람들은 어떻게 되었을까요?

영 : 하지만 그것을 말해야 한다.

　　그 사람들은 '얘기'했다.

　　그리고 '말했다'.

　　그래서 떠났다.

　　그래서 얘기했다.

'얘기'의 안의 말은 '그 사람들은 말했다.'이며, 여기에서 '얘기'의 안의 말 중에 '말했다' 안의 말은 '떠나자고, 어디로 가자고······'하는 것이다. 셋째 줄에서 '말했다'의 안의 말은 '얘기하면 그것이 안의 말이 된다.'이다.

올 : '말했다'의 안의 말을 말해 주시겠어요?

영 : 그들은 가라앉은 땅을 보며 얘기했다.

올 : 그리고는요?

영 : 그래서 말했다. 떠나야겠다고.

올 : 서 사모아 섬이나 배에서였나요?

영 : 여기(서 사모아 섬)가 아니다.

　　그때 거기에서는 다 죽었다.

　　그들은 여기(동쪽) 있었다.

올 : 그곳은 현재 바다이지만, 그때는 땅이었나요?

영 : 아니.

올 : 그럼 배를 타고 있었겠네요?

영 : 그래. 밖에 나간 사람만 살았다.

올 : 그들은 어디로 가서 정착했나요?

영 : 그들은 여기(멕시코)로 갔다.

올 : 그들은 어디로 가서 누구의 조상이 되었나요?

영 : 여기(멕시코)서 이들은 오래 산 게 아니다.

올 : 거기 원주민들이 떠나는 것을 보고 또 불안해서 떠난 것인가요?

영 : 아니. 여기(멕시코)의 민족은 여기(남아메리카 북부의 콜롬비아, 베네수엘라, 페루 북부, 브라질 북부 등지)에 머물렀다.

올 : 그들은 남으로 내려왔네요. 그러나 배를 타고 온 사람들은 다른

곳으로 간 것인가요?

영 : 그래. 그러나 그들은 배를 타고 떠났다.

올 : 어디로요?

그는 서쪽으로 태평양을 지나 아프리카의 서쪽 모리타니, 말리를 가리켰다.

올 : 아프리카에 그들의 후손 주민이 있나요?

영 : 여기(아프리카)에 있을 수도 있다.

올 : 그들은 또 어디로 이동했나요?

영 : 그들은 그곳에서 오래 살았다.

올 : 후손은 아프리카에 가장 많겠네요.

영 : 아니. 여기(아프리카의 모리타니, 말리)가 아냐. 여기(유럽, 터키, 러시아 서부)로 이동했다.

올 : 다른 곳에서 온 주민들과 같이 그 나라들의 일부 국민이 되었나요?

영 : 아니, 따로 살다가 흡수되었다.

올 : 나라를 온전히 유지한 후손들도 있나요?

영 : 아니, 수가 너무 적었다.

올 : 가라앉기 전의 땅에 살던 그들은 어떤 색의 피부를 가졌었나요?

영 : 하지만 그들은 흑인에 가까웠다.

올 : 그렇게 멀리 이동할 배를 가지고 있었으니, 문화와 과학이 발달한 민족이었나요?

영 : 아니, 그들은 기술만 있었다.

올 : 배도 그들이 건조한 것이었을까요?

영 : 아니, 다른 민족이 만들어 팔았다.

이번 주제에 대한 대화는 이것으로 마치기로 하고, 우리는 마무리 인사를 했다.

2013. 2. 5.

22

지구 흔들림 무렵의 적도는 어땠을까

올 : 지구가 조금 회전한 셈이 되는데요, 그렇지요?

영 : 회전이라고 볼 수 있다.

올 : 태양 쪽을 향해 지나가던 땅들도 회전한 셈이고요. 적도 아래 땅
말이에요.

영 : 그래, 그렇게 됐다.

올 : 제가 지축에 대하여 무엇을 잘못 받아들였을까요?

영 : 너는 지축을 얘기했다.

올 : 그랬지요.

영 : 지축은 그냥 있다.

올 : 알겠어요. 23.5도가 움직였다고 말하는데, 실제로도 23.5도인가요?

영 : 하지만 그런 것은 다르다.

올 : 도수가요?

영 : 아니, 실제로가 아니다.

올 : 지구가 23.5도 회전했나요?

영 : 아니, 다르다.

올 : 도수가요?

영 : 그래.

올 : 현대의 극점프 이전에도요?

영 : 비슷하다.

올 : 도수가 실제로는 더 작은가요?

영 : 아니, 더 크다.

올 : 23.5도를 넘어섰었다는 얘기에요?

영 : 비슷하다. 넘어섰었다.

올 : 그랬군요. 극점프로 좁혀졌고요?

영 : 그래.

올 : 극점프로 좁혀진 때(앞에서 말한 극점프이니 그 후의 것이 아닌)는 지구 흔들림이 안정될 오천 년 전인가요, 아니면 오천 년에서 삼천 년 사이인가요?

영 : 5,000년 전 ~ 4,500년 전 사이.

올 : 23.5도라고 말하는 것 말고 진실은 얼마인가요?

영 : 이것(23.5도)보다 적다.

올 : 그렇다면 과거 지구 흔들림 때 23.5도를 넘어섰다가, 다시 거꾸로 돌아 23.5도보다는 작아지게 했다는 극점프가 일어났다고 하셨는데, 몇 차례나 일어난 것인가요?

영 : 두 차례.

이것은 현대 사람들이 알고 있는 극점프가 아니고, 그 후에도 또 일어났다고 했다.

올 : 지구 흔들림 이전의 상태로 다시 지구가 회전할 가능성은요? 어느 정도 막아진 것은 지난번 말했고요.

영 : 하지만 그것에 대해서 얘기했다.

올 : 그랬지요. 다른 별의 경우, 그렇게 땅이 무너질 정도로 회전한 별이 나중에 다시 거꾸로 회전해 원상태로 돌아가는 일이 있나요?

영 : 그런 것은 그럴 수도 있다.

올 : 그렇지 않은 경우는 상위영계의 높은 힘이 막았을 경우인가요?

영 : 아니, 그렇지 않다.

올 : 지구의 경우와는 비슷한 곳에서 오는 다른 힘이요.

영 : 그렇지 않다. 지구와는 다르다.

올 : 우주의 별들 가운데 다시 회전하여 원래의 상태로 돌아간 별에는 또다시 땅들이 무너지고, 사람들이 수없이 죽고, 기후가 달라지고, 적도가 변경되고, 바다가 많아지고, 동식물과 물고기가 수없이 죽는 일들이 생겼었나요?

영 : 그런 것은 많은 별이 있다.

올 : 지구에서 더 이상 그런 일이 진행되지 않도록 막은 분의 힘이 만일 거두어진다면, 역으로 회전이 일어나서 지구 흔들림이 또 발생하게 되나요?

영 : 그래, 그렇다.

올 : 알겠어요. 그러니 여전히, 지구에 사는 사람들은 지축정립이나 지축이동이 온다는 말과 생각을 삼가야겠군요?

영 : 그래. 그러나 이미 막아져 있다.

올 : 네, 그건 다행이에요. 아주 다행이에요. 지구인의 위험 한 가지는 제거되었으니까요. 제거되었다고 말해도 되겠지요?

영 : 그래.

주제에 대한 질문을 마치기로 했기에, 우리는 마치는 말을 나누었다.

2013. 2. 7.

〈독자와의 대화〉

독 : 지구인의 위험 한 가지가 제거된 거라면, 마야의 예언은 없었던
게 되는 걸까요?

올 : 아니요. 이 위험은 이미 제거되기로 정해질 것을 알고 있었으
니 그것을 염두에 두고 글을 써 왔습니다. 그러나 미리 밝힐 수
는 없었습니다. 마야의 예언은 '인구 증가'로 인한 것입니다. 그
러나 마야인조차 그것을 모릅니다. 또 다른 위험성이 나타날 것
과 진행과정을 들었었는데…… 그것이 그대로 진행되고 있습니
다. 그러나 이것은 아직 귀띔만 할 수 있는 것이지요. 이건 의학
으로……. 또 다른 위험성은 들었던 것을 귀띔한 적이 있습니다.
이것도 나타나 진행 중에 있습니다. 이건 과학으로 말이죠. 위의
세 가지 위험성은 지구인이 진로를 바꾸어 없애야 할 것입니다.
모두 가까운 시기에 나타날 위험성을 말한 것이고, 악한 외계 인
류의 행위, 핵, 운석 종류 등의 것이나 먼 뒤의 것은 넣지 않았습
니다. 그러니 마야의 예언은 여전히 유효합니다.

23

알래스카 반도는 반도가 아니었다

　태평양 지도에서 찾은 땅 위쪽으로 또 다른 땅이 있는지를 질문했더니, 하나가 표시되었다. 그것은 알래스카 반도가 포함된 땅이고, 알류산 열도도 많이 포함되어 있었다. 알래스카 반도의 오른쪽으로 땅이 있어 그것이 알래스카와 붙어 있었다. 북아메리카와 연결되어 있으니 그것은 섬도, 반도도 아니었다. 열도 아래로 전에 찾은 땅들과 거의 맞닿아 있었다. 이 땅도 지구 흔들림 때 무너져 알류산 열도의 절반 가까운 것과 알래스카 반도만 남기고 바닷속으로 사라진 것이다.

　올 : 지구 흔들림 때 이 땅에서는 살아남은 사람이 있었나요?
　영 : 그들은 몇몇 살아남았다.
　올 : 알류산 열도나 알래스카 반도를 통해서요?
　영 : 아니, 도망갔던 사람들.
　올 : 지구 흔들림 때 도망갔던 사람들이었나요?
　영 : 아니, 그 이전에 다른 일로 도망갔었다.

올 : 다른 일이 지구 흔들림의 전조현상이었나요?

영 : 이것(전조현상) 아닌 다른 일이다.

올 : 이 땅은 알래스카와 연결되어 있고 기후는 따뜻했을 만한 지역
인데, 생존자가 너무 없네요. 피신하기에는 시간이 그렇게 촉박
했었나요?

영 : 하지만 그것은 갑자기 닥쳤다.

올 : 생존자가 열 명 안쪽인가요?

영 : 열 명 약간 넘었다.

올 : 원래의 주민 수는 대략 어느 정도였나요?

영 : 10만 명 안쪽이다.

올 : 10만 명 가까운 주민이 10여 명 남았다는 것은, 지구 흔들림이 그
렇게 위험하다는 것이네요. 어느 힘에 의해 막아졌지만 만약 그
렇지 않아서 지구 흔들림이 다시 닥친다면, 지구의 세계인구는
얼마 정도가 살아남게 될까요?

영 : 많은 인구가 죽게 된다.

올 : 그렇겠지요. 어느 만큼이요?

영 : 10분의 1보다 조금 더 적게 산다.

　　나머지는 다 죽게 된다.

올 : 어느 때의 기준인가요?

영 : 지금 이 순간.

시계를 보았더니, 2013년 2월 6일 오후 4시 24분이었다.

올 : 과거의 지구 흔들림으로 땅과 바다의 많고 적음이 바뀐 셈이지

요. 지구 흔들림이 또 닥친다면 바다에서 땅이 솟아나 사람이 살
수 있게 되는 경우도 있을까요?

영 : 아니, 그렇지 않다.

올 : 땅은 또 무너지겠지요?

영 : 그래, 또 무너진다.

올 : 얼마나 남게 될까요?

영 : 10분의 1도 안 남게 된다.

올 : 문명도 많이 사라지고 퇴보하겠군요. 과학이 발달했으니 그때보
다는 덜 하겠지만.

영 : 많이 사라지고 퇴보한다. 그러나 그때 같진 않다.

올 : 그렇군요. 적도 위치가 또 변할까요?

영 : 이건(적도) 바뀌게 된다.

올 : 원래(과거의 지구 흔들림 이전) 있던 자리로요?

영 : 아니, 그렇지 않다.

올 : 지구가 조금 회전했었고 그 반대로 다시 극점프가 일어났었지요?

영 : 맞다.

올 : 요즘 사람들이 알고 있는 거꾸로 도는 극점프가 있어요. 그것이
전조현상으로 보아도 될 것이었나요? 언젠가는 오게 되어 있던
또 다른 지구 흔들림의 전조현상.

영 : 그래.

올 : 예정되어 있던 그것이 막아진 것이고요?

영 : 그래, 그렇게 됐다.

올 : 어떤 힘에 의해 막아졌는지 써도 되나요?

영 : 그래, 설명할 수 있다.

올 : 어떤 힘이라고 알릴까요?

영 : 그것은 네가 알고 있는 것이다.

올 : 오래 전부터 알고 있기는 했죠. 존재, 존재들. 두 호칭 중에 어느 것이 더 적합할까요?

영 : 존재들. 그러나 존재로도 불린다.

올 : 역시, 그렇군요. 그러나 그것은 호칭 중의 하나이지요.

영 : 그래, 이름은 따로 있다.

올 : 네, 그렇지요. 그렇지만 지구의 또 다른 위험성들이 현실계에서 없어진 것은 아니에요. 지구인들의 선택에 의해서 달라지겠지요?

영 : 그래. 그건 지구인에게 주어야 한다.

올 : 알겠어요.

나는 질문을 마치기로 했고, 우리는 마치는 말들을 했다.

2013. 2. 6.

〈독자와의 대화〉

독 : 그 존재가 처음 지구 흔들림을 막을 수도 있었다는 얘기네요? 엄청난 잘못을 했나요?

올 : 처음에는 막지 않으셨을 거라고 생각되네요. 그렇게 생각한 데에는 여러 가지 이유가 있기 때문입니다.

1. 별의 흔들림이 있고, 후에 다시 되돌리는 흔들림이 있는 것은 지구뿐만이 아닌 다른 별들에서도 있어 온 것입니다.
2. 지구인이 깨닫게 해야 하는데, 그냥 모르게 문제를 해결해 주는 것은 깨달을 기회가 없어지는 것입니다.
3. 현실계에서 무언가 급작스럽게 해결되는 것도 있지만, 중대사에는 몇 천 년, 그 이상, 그 이하를 두고 진행됩니다.
4. 다른 위험성들과 종과 횡으로 연결되어 있기 때문입니다.
5. 또 다른 일들과의 연결이 있기 때문입니다.
   엄청난 잘못을 사람들이 했느냐는 것의 판단은 위에서 하시는 것이므로 채널러로서는 알 수 없습니다.

24

지구 최초 인류가 가지고 온 것

올 : 다른 별에서 지구로 와서 지구 최초 인류가 된 사람들의 얘기인
데요. 지구에서 살아가기 위해 식량 외에도 그 씨앗 등을 가져
왔나요?

영 : 하지만 그런 것은 말했다.

올 : 네, 동식물을 가져왔다고는 들었어요. 그 식물들은 모두 식량 그
리고 식량을 생산하기 위한 씨앗뿐이었나요?

영 : 하지만 생산했다.

올 : 커다란 우주선 안에서 합성으로요?

영 : 아니, 지구에서 생산했다.

올 : 고향별과 여러 가지로 달라서 수확량이 적었을까요?

영 : 하지만 그들은 과학이 있었다.

올 : 그 식물들은 다른 종으로 변환되어 지구에 있다고 하셨어요. 그
대로 내려오기에는 너무 긴 세월이라 그런 건가요? 아니면 지구
특성에 맞게 그들이 가꾼 건가요?

영 : 그 식물들은 세월이 지나 변종되었다.

올 : 변종되어 내려온 것을 재배하여 식량으로 삼는 나라가 요즘 있나요?

영 : 아니, 없어졌다.

올 : 나라가요?

영 : 식량으로 삼지 않는다.

올 : 사람들이 먹지 않는 야생식물로 변한 건가요?

영 : 사람들은 먹지 않는다. 그러나 간식으로 먹기도 한다.

올 : 한국에도 그런 식물이 있나요?

영 : 하지만 지금 너도 먹고 있다.

올 : 흥미롭네요. 알려 주겠어요?

영 : 하지만 여러 가지이다.

올 : 한국의 토종식물이 된 것이 있나요? 귀화식물이라든가…….

영 : 하지만 다(토종식물, 귀화식물) 해당된다.

올 : 몇 가지 알려 주겠어요?

영 : 예를 들면 옥수수.

올 : 감자?

영 : 감자는 아니다.

올 : 또요. 견과류는요?

영 : 견과류는 아니다.

올 : 채소는요?

영 : 채소는 아니다.

올 : 고구마도 있나요?

영 : 아니.

올 : 같은요?

영 : 아니.

올 : 또 무엇인가요?

영 : 하지만 여러 종류가 있다. 그중에서 말할 수 있는 건, 여러 종류가 변질되었거나 죽게 되었다는 것이다.

올 : 죽게 되었다는 것은…… 혹시 바나나 같은 경우를 말하나요?

영 : 비슷하지만 바나나는 아니다.

올 : 왜 그(변종된) 식물들이 죽게 된 건가요?

영 : 그것들은 식물들이 세포를 변신시켜 가다 죽게 되었다.

올 : 스스로 세포를 변신시킨 건가요, 사람들이 변신시킨 건가요?

영 : 사람들이 그랬다.

올 : 정말 바나나의 경우와 비슷하네요. 바나나 말고, 그 식물들은 세포를 변신시켰는데 왜 죽게 된 것인가요?

영 : 그것들은 사람들이 그렇게 '만들었다'.

올 : '만들었다'의 안의 말을 일러 주세요.

영 : 사람들은 연구를 위해 식물을 채집했다.
    그래서 '그렇게' 되었다.

올 : '그렇게'의 안의 말은요?

영 : '죽게 되었다.'

올 : 혹시 그렇게(실험을 위해 지구인들이 한 것)하면 우주의 섭리에 의해 죽게 되어 있는 건가요?

영 : 하지만 그건 다른 별에도 그렇게 되어 있다.

올 : 우주의 별들에 정해진 섭리인가요?

영 : 그래, 그렇게 되어 있다.

올 : 끝은 멸종인가요?

영 : 그래. 그런 경우, 그렇게 된다.

올 : 이종교배 했기 때문에요?

영 : 그것도 포함된다.

올 : 그런 (멸종의) 섭리가 동물에도 적용되나요?

영 : 동물도 그렇다. 동물도 인간이 자꾸 변환시킨다.

　　그것의 끝은 언제나 그렇게 된다.

올 : 만일 사람의 경우에, 실험을 위해 누가 그렇게 한다면 그것의 끝
　　도 같나요?

영 : 사람도 실험을 위해 인위적으로 한다면 그렇게 된다.

　　그러나 사람은 인위적으로 하는 게 아니다.

올 : 만일 인위적으로 누군가 한다면, 그걸 하는 사람들의 영계의 사
　　람들은 힘들겠군요. 그런 행위를 한 사람들의 업은 동식물에 한
　　것의 경우와 비교할 수 없을 만큼 크겠군요.

영 : 그래, 그것은 아주 무거운 것이 된다.

올 : 사후와 후생에 적용될 것이고요.

영 : 그래, 아주 무겁게 적용된다.

올 : 실험이 아닌 자연적인 이유로, 다른 인종이 아이를 낳는 경우가
　　많지요. 이들은 해당되지 않겠지요?

영 : 그들은 사랑으로 이루어진다. 이것은 해당이 아니다.

올 : 해당사항이 아니므로 사후와 후생에 이것이 적용되지는 않지만,
　　후손의 끝은 어떻게 보아야 하나요? 이들도 종래는 멸종인가요?

영 : 그것은 '다른 인종'이 어느 다른 별의 사람과 결합하여 후손을 낳
　　은 경우에 해당한다.

올 : '다른 인종'은요?

영 : 지구의 어느 특정 인종 아니다.

올 : 지구별 사람이라면 그 누구라도 해당될 수 있는 건가요?

영 : 아니, 어느 인종 아니다. 지구 전체.

올 : 최초 인류가 온 곳의 다른 별 후손과 지구인이 결합한 후손은 어떤가요? 유전자가 달라졌어도 비슷한 것도 있고 원래는 한 별 사람이었으니까요. 만일이요.

영 : 만일 그렇다면 그것은 다르다.

올 : 그러니까, 그 별 후손과의 결합 아닌, 또 다른 별들의 사람과의 결합으로 낳은 후손에만 적용되는 건가요?

영 : 그래, 그렇다. 그러나 그 별 사람도 다르다.

올 : 그 별 사람도 달라진 것은 전에 들었어요. 그것 외의 것을 말하나요?

영 : 그것도 다르고, 또 다른 것도 다르다.

올 : 또 다른 것은 무엇인가요?

영 : 실험을 위해 그런다면 안 된다.

올 : 당연히 섭리에 어긋나기 때문에 안 되겠지요. 그러나 사랑으로 그런다면, 그것은 후손이 멸종의 벌에서 벗어나는 것이겠지요?

영 : 그래. 그렇지만 그런 경우는 거의 없을 것이다.

올 : 네, 알겠어요. 기의 유전자에 대해 알려 준 적이 있었어요. 혼령이 살아 있다면(사후의 혼령으로 있는 것) 환생이 일어날 수 없으니, 혼령과 환생이 같이 있을 수 없다는 얘기요. 기의 유전자가 같은 때문이라고 하셨어요. 다른 별에서 와서 환생의 절차를 통해 지구에 환생하는 사람들이 있어요. 그들이 지구의 행렬에 기

록되지 않는다면, 그들 사후에 그들 영계의 사람은 자신들 별의 상위영계로 돌아가겠지요. 그러나 기의 유전자가 지구인 것과 다른데 그것이 후손에 남겨지게 되니, 그 후손의 후손들은 어떻게 되나요?

영 : 후손들은 살아남는다.

　　그들은 죄가 아니라 보내져 왔기 때문이다.

올 : 정당하게 보내져 온 경우일 때만 해당되는 건가요?

영 : 그래. 그런 것은 나중에 설명하면 된다.

올 : 네, 그러지요.

영 : 지구인의 유전자와 외계인의 유전자가 다르다.

올 : 그렇군요. 그럼 최초 인류 얘기로 돌아갈게요. 그들이 가져온 동물도 식물처럼 다른 종으로 변환되었다고 하셨어요. 혹시 강아지나 닭, 새도 그들이 가져온 것의 변환인가요?

영 : 닭은 아니다.

올 : 그러면 강아지와 새는 그렇군요?

영 : 그래. 그 외에도 여러 동물을 가져왔다. 하지만 주변에 있는 건 아니다.

올 : 사람들 주변 말인가요?

영 : 사람들이 기르는 종류 아니다.

올 : 가축이나 애완동물 아닌 야생동물이 되었군요?

영 : 그래, 그렇게 변환되었다.

올 : 물에 사는 것은 어떤가요? 물고기 종류 말이에요.

영 : 그런 것은 가져오지 않았다.

올 : 언제 더 질문해도 될까요? 최초 인류가 왔을 때 지구에 있었던 동

식물과 생물에 대해서요.

영 : 설명해 줄 수 있다.

올 : 고마워요.

나는 질문을 여기서 마쳤고, 우리는 마치는 말들을 했다.

2013. 2. 12.

(이 글은 독자의 질문에 의해 쓰였습니다.)

25

한반도, 일본, 캄차카 반도,
알류산 열도 주변의 바닷속에는

올 : 지도상에 있는 거기(바다에 그어진 옛 땅의 표시)의 바다가 전에는 땅
　　이었나요? 모두?

영 : 하지만 얘기했다.

올 : 네, 그랬지요. 그것이 모두 땅이었으리라고 생각을 안했거든요.
　　예상보다 땅이 크군요. 그 땅에 거대한 호수나, 그와 비슷한 것
　　이 있었나요?

큰 해협이 있었다고 알려 준 곳은 캄차카 반도의 남단에서부터 그 땅
의 동남쪽이었다. 이 땅은 아시아 대륙의 연장이었고, 더불어 아메리카
대륙의 연장이라고도 볼 수 있었다. 알래스카 반도, 알류산 열도의 반
정도가 포함된 다른 땅(이 땅은 이미 설명했다)과 일부가 붙어 있었고, 알
류산 열도의 나머지와 베링 해의 일부, 캄차카 반도가 포함된 넓은 땅이
었는데 아랫부분이 타이베이까지였으니 한반도, 일본, 그 일대의 바다
가 모두 한 땅이었다.

올 : 혹시 지구 흔들림 이전에 지금은 바다가 된 땅(육지 아닌 부분)에 살 던 사람들이 있었나요?

영 : '<u>여기</u>'에 사람들이 살았다.

그가 '여기'라고 말할 때, 그가 표시한 곳은 해협 부근이었다.

올 : 그 외의 바다가 된 곳 이전의 땅에서는요?

영 : '<u>여기</u>'서도 사람들이 살았다.

'여기'라고 말하며 표시한 곳은 오호츠크 해였다.

올 : 또 다른 곳도 있나요?

영 : 여긴 아니다.

그가 표시한 곳은 알류산 열도 위쪽 바다가 된 곳으로 옆(알래스카 반도 아래)의 땅에서 이주한 사람들이 살았었다고 했다.

올 : 해협 부근에 살았던 사람들 중에서 살아난 사람이 있었나요?

영 : 다 사망했다.

올 : 주민 중에 생존자는 없었어요? 도망치거나 여행을 갔었다거나 해서요.

영 : 여기에, 주민은 도망치거나 한 게 아니라 모두 사망했다.

올 : 주민은 대략 몇 명 정도였나요?

영 : 수십만 명.

올 : 그럼 지구 흔들림 때 수십만 명의 주민이 모두 몰살당했다는 거네요?

영 : 그래, 그렇게 위험하다. 지구 흔들림은.

올 : 그렇군요. 마야 조상과 비교했을 때 문화나 과학의 발달 정도는 어땠나요?

영 : 그들은 많이 뒤떨어졌다.

올 : 기술은요?

혹시, 배를 판 민족이 그들일까 생각했다.

영 : 하지만 배 만들진 않았다.

올 : 오호츠크 해에 있던 땅의 민족은 어땠나요? 생존자가 있었나요? 러시아나 캄차카 반도, 사할린 섬도 있어서 살아난 사람도 있을 것 같아서요.

영 : 하지만 아니다.

올 : 살아난 사람이 없었어요?

영 : 아니, 있었다.

올 : 얼마 정도가 살아남았었나요?

영 : 그들은 미리 여행한 게 아니다.

올 : 그럼요? 흔들림 때 탈출했나요?

영 : 아니.

올 : 어떻게 살아남았는데요?

영 : 그냥 도망갔다.

올 : 흔들림이 일어나기 전의 어느 날에요?

영 : 그날 아닌 다른 날, 다른 일로.

올 : 그렇군요. 그럼 주민 수는 대략 어땠나요?

영 : 수십만 명보다 더 컸다.

올 : 살아남은 사람은 10명이 안 되나요?

영 : 몇 명에 불과했다.

올 : 수십만 명보다 많은 주민이 거의 다 몰살당한 셈이네요. 땅이 무너져서…….

영 : 그래. 모두가 몰살했다.

　　지구 흔들림에 의해서, 땅이 무너져서.

올 : 알류샨 열도 위 베링 해에 있던 땅으로 이주해 있던 사람들도 다 사망했나요?

영 : 그들은 일부 살았다.

올 : 현재의 러시아 땅으로 피했나요?

영 : 아니. 바다(현재는 바다인 땅)에 있던 사람들은 다 죽었다.

올 : "23. 알래스카 반도는 반도가 아니었다"에서 몇 명이 살아남았다고 했었어요. 이걸 말하나요?

영 : 그래, 그것이다.

올 : 그렇군요. 캄차카 반도에 사람이 살았었나요?

영 : 하지만 거긴 화산지대다.

올 : 그때도요?

영 : 그래, 그때도 화산지대다.

올 : 한반도와 일본 땅에 대해서는 다음에 언제 질문해도 될까요?

영 : 그래. 해도 된다.

올 : 고마워요.

나는 오늘 주제에 대해 대화를 마치기로 했고, 우리는 서로 마치는 말들을 나누었다.

2013. 2. 14.

26

지구 흔들림 이전의 한반도와 그 일대에는

지구 흔들림 이전의 한반도와 그 일대에는 바다가 없었다. 현재 한반도 위치의 남부와 그 양옆의 땅에는 다른 민족이 살고 있었으나 나머지와 양옆의 땅은 비어 있었다.

올 : 태평양에 있던 땅들에는 많은 사람이 살았는데, 한반도와 그 양
　　옆은 남부를 제외하고는 비어 있었네요. 적도 아래 땅도 아닌데,
　　왜 사람들이 살지 않았을까요?

영 : 그곳은 날씨가 좋지 않았다.

올 : 그렇다면 지구 흔들림 이전의 날씨가 어땠나요?

영 : 거기는 날씨가 사나웠다.

올 : 위치로 보아서는 별로 그럴 것 같지 않은 곳이에요. 왜 그런 날
　　씨가 된 걸까요?

영 : 적도에서 그리 멀지 않아도 날씨가 그리 될 수 있다.

올 : 사나운 정도는요? 비가 안 내렸다든가.

영 : 비는 잘 내렸다. 그러나 날씨가 고약했다.

올 : 좀 더 설명해 주겠어요? 고약한 것에 대해서.

영 : 고약한 것은 '<u>이러했다</u>'.

그가 말한 '이러했다'의 안의 말은 '날씨가 사나웠다. 그리고 빨리 <u>기</u><u>울어졌다.</u>'이다.

올 : 바람이 많이 불었나요?

영 : 아니. 빨리 추워지고, 더워지고, 반복했다.

올 : '빨리 기울어졌다.'에서 '기울어졌다.'의 안의 말은요?

나는 순간 '해가 빨리 기울어졌는지…….' 하고 생각했다.

영 : '해가 빨리 기울어졌다'가 맞다.

올 : 남부는 기후가 안정되었나요? 사람들이 살고 있었으니까요.

영 : 남부 쪽에는 가볍게 있었다.

올 : 지구 흔들림 때, 그 사람들 중 한반도 남부가 된 곳에 살던 사람
    들은 살았겠네요?

영 : 많이 살았다. 그러나 그 사람들은 거기만 산 것이 아니다.

올 : 네, 바다가 된 곳에 있던 사람들은 모두 사망했겠네요. 또 다른
    곳의 사람들은 살기도 죽기도 했을 테고요.

영 : 그래, 죽기도 살기도.
    그러나 바다가 된 곳에 살던 사람은 모두 죽었다.

올 : 그 사람들 중 한반도 남부가 된 곳에 살던 사람들은 후에 백제,

가야, 신라인이 되었나요?

영 : 아니, 그들은 모두 '<u>되돌아갔다</u>'.

올 : 살던 사람이 살아남은 다른 사람들과 같이, 현재의 나라를 이루
게 된 땅으로 이주했나요?

영 : 아니, 이주하지 않았다.

올 : 혹시 되돌아갔다는 말이 사망했다는 말인가요? 질문을 잘못했
던 것 같아서요.

영 : 그래, 모두 사망했다.

'되돌아갔다'에 대한 그의 설명은, 사람은 혼령으로, 영계의 사람은 영
계로 되돌아갔다는 것이었다.

올 : 질문을 다시 할게요. 그 사람들의 후손이 후에 백제, 가야, 신라
인이 되었나요?

영 : 아니, 그들은 모두 '<u>고향으로 돌아갔다</u>'.

나는 그가 '고향으로 돌아갔다'고 해서 질문을 또 잘못한 줄 알았다. 그
러나 그것이 아니라며, 현재의 다른 나라를 가르쳐 주었다.

올 : '고향'이라고 표현한 이유가 있나요? 원래 그들이 거기 살다가,
왔다가 또 돌아간 것인가 해서요.

영 : 아니. 현재 그곳이 그들의 고향이 된 것이라서 그렇게 표현한 것
이다.

올 : 그렇군요. 그들은 바닷길로만 갔나요?

영 : 아니. 땅으로, 배로 그리고 걸어서 갔다.

올 : 알려주어서 고마워요. 얘기 마쳐도 될까요?

영 : 얘기 마쳐도 된다.

2013. 2. 17.

〈독자와의 대화〉

독 : 혼령계나 저승에 있으면서 다른 별들의 혼령계나 저승계를 갈 수
    있는지 궁금합니다.

올 : 지구의 행렬에 기록된 영계의 사람에 속한 혼령은 지구의 저승에
    있어야 합니다. 혼령계도 마찬가지입니다.

독 : 각각의 별마다 차원이 있는 모양이네요. 그렇다면 그 차원은 흔
    히 말하는 저 우주 또는 하늘 어디쯤이 아니라 보이지 않는 어디
    인가요?

올 : 그 별에 속한 차원은 그 별에 있어요. 현실계와 가장 겹쳐 있기도
    한 곳이 혼령계(유령계)이지요.

27

한반도 남부와 주변의 옛 땅에는 누가

대한민국 역사 중의 한 부분인 단군의 후예가 한반도로 들어오기 전에, 이 땅은 반도가 아닌 넓은 대륙이었다. 이 땅에 대해서 지난번에 설명했지만, 오늘 설명할 것은 땅의 나머지 부분과 거기에 살던 민족 이야기이다. 현재로 본다면 한반도 남부와 그 양옆의 바다 그리고 일본과 그 주변의 바다인데, 이 땅은 서남쪽으로는 자유중국을 지나 중국 땅도 약간 포함되어 있었다. 지구 흔들림이 있기 전, 이 땅에 살던 민족은 인도인의 조상들이었다.

올 : 그들이 간 길을 질문했을 때 '땅으로, 배로 그리고 걸어서 갔다.' 라고 하셨어요. 그들이 간 길을 일러 주겠어요?

그는 이 질문의 답을 지도에 표시해 주고 일러 주었다. 한반도 남부의 사람들은 서해를 건너 중국으로 가서 육로를 통해 인도에 갔는데, 그 전에 일본 땅에 살던 사람들이 남해를 건너와서 그들과 합류하였다고 한다.

> 올 : 일본 니시카라쯔 해저 유적은 인도 조상의 유적인데, 종류가 다
> 양해 보여요. 이들은 과학과 문화가 발달한 민족이었나요?
>
> 영 : 그들은 과학과 문화 발달했지만 '퇴락했다'.
>
> 올 : '퇴락했다'는 것은 남녀 성에 대한 퇴락을 말하나요?
>
> 영 : 하지만 '그렇게 됐다'.
>
> 올 : 혹시 소돔과 고모라와 비슷했나요?

소돔과 고모라 얘기가 생각나, 그렇게 얘기했다.

> 영 : 하지만 성에 대한 것만 아니라 모든 게 비슷했다.

'그렇게 됐다'의 안의 말을 질문하자, 그는 "하지만 이것을 설명하려
했다."라고 말했다.

> 올 : 좀 전의 설명이요?
>
> 영 : 아니, 그 이전.
>
> 올 : 소돔과 고모라요?
>
> 영 : 비슷하다.
>
> 올 : 일부만 타락했었어요?
>
> 영 : 아니, 전체가 그랬다.
>
> 올 : 만일 두 번째의 지구 흔들림을 막은 힘이 아니었다면, 한반도의
> 땅은 얼마나 남게 되는 것이었나요?

영 : 한반도의 땅은 10분의 1이 아니다.

올 : 남는 것이 10분의 1이 아니라고요?

영 : 그래.

올 : 얼마나 남게 되는 것이었나요?

영 : 10분의 1보다 조금 더 있다.

올 : 이것에 대해 더 질문해도 될까요?

영 : 아니.

올 : 알겠어요. 대한민국의 인구수는 얼마나 남게 되는 것이었나요?
지금을 기준으로 한다면요?

영 : 이미 넘어섰다.

올 : 무엇이요?

영 : 이미 지나간 일이 되었다.

올 : 그렇군요. 그렇지요. 하지만 사람들이 알고는 있어도 된다고 생
각해서요. 모든 나라의 경우를 다 질문하는 것은 아니지만, 오늘
다른 땅의 민족이 살았던 곳인 한국과 일본의 경우에요. 더 이상
인구에 대해서는 질문하지 않을게요. 일본 땅에 대해서는 질문해
도 될까요? 얼마나 남게 되는 것이었는지, 지구 흔들림에……

영 : 질문해도 된다.

올 : 오래전에 알려 준 것이, 지구 흔들림에 의한 것을 말한 것이었
나요?

영 : 아니, 다른 것이었다.

올 : 그게 먼저일 것이었나요?

영 : 아니.

올 : 지구 흔들림이 먼저였나요?

166

영 : 아니, 연달아 일어나는 것.

올 : 그렇군요. 그 부분도 없어지게 된 미래인가요?

영 : 아니, 있다.

올 : 원래의 경우였다면, 얼마나 남게 되는 땅이었나요?

영 : 10분의 1이 아니다.

올 : 일본 땅도 한반도처럼 10분의 1보다 조금 더 남는 것이 될 거였
　　나요?

영 : 아니, 일본은 한반도보다 조금 더 있다.

올 : 두 종류를 다한 것이요?

영 : 그래.

올 : 그렇군요.

나는 질문을 여기서 마치기로 했고, 우리는 마치는 말들을 했다.

2013. 2. 19.

28

가락국 김수로 왕과 왕후 허황옥

대한민국의 옛 역사를 2,000년 가까이 거슬러 올라가(서기 48년) 가락국(금관가야) 김수로 왕과 왕후인 허황옥(인도 아유타국 공주)에 대해 알아보기로 했다.

올 : 가야의 김수로 왕이, 왕이 되기 전이나 후에 인도와 왕래가 있었나요?

영 : 왕은 가야국의 사람이 아니었다.

올 : 어디서 온 사람이었나요?

영 : 그들은 그렇게 신화를 만들어 냈다.

올 : 알에서 나온 아이로 전해졌지요. 원래는 어디서 온 사람인가요?

영 : 그들은 아무 곳에서 온 것이 아니다.

올 : 같이 알에서 나왔다는, 왕들이 된 아이들을 말하는 것이겠지요?

영 : 그래.

올 : 가야가 있기 전의 부족 아이였나요?

영 : 비슷하다.

올 : 그렇군요. 왕후 허황옥은 인도 아요디아에 있는 아유타국 공주
였다고 하지만, 중국 사천성 파족 출신이었다거나 태국 메남 강
가에 있는 아유티아였다는 설도 있어요. 어디서 온 것인가요?

영 : 그것은 현재의 지명이다.

올 : 그렇지요. 현재로 따지면 어디서 온 것인가요?

그가 내 질문 글에서 표시한 것은 '인도 아요디아에 있는 아유타국 공
주'였다.

올 : 아유타국이 갠지스 강 중류에 있었다고 하는데, 정말로 그런가요?

영 : 비슷하다. 그러나 같다.

올 : 아유타국에서는 왜 공주를 먼 곳의 신생왕국에 왕후로 보냈을
까요?

영 : 그 나라는 그때 멸망을 앞두고 있었다.

올 : 쿠샨왕조의 침입 때문인가요? 아니면 다른 왕조의 침입 때문인
가요?

영 : 쿠샨. 그렇게 너는 얘기했다.

올 : 그때 태국의 메남 강가에 있던 아유티아로 떠난 후에 공주를 보
낸 것인가요?

영 : 아니, 떠나기 전 보냈다.

올 : 하지만 아유타국이 쿠샨의 침입을 받아 위기에 처한 것은 서기 20
년경이라 하고, 김해에 공주가 도착한 것은 서기 48년이라네요.
20년, 48년 둘 중 무엇이 잘못된 걸까요?

영 : 20년이 잘못 기록됐다.

올 : 그렇군요. 멸망을 앞두고 있었다고 해도, 더 강한 나라를 제쳐 두고 왜 김수로였을까요?

영 : 하지만 그들이 알고 있는 것은 김수로였다.

올 : 어떻게 그를 알게 된 것인데요?

영 : 그들은 왕래가 있었다. 왕이 되기 전에.

올 : 공주와 온 오빠라는 장유화상은 정말 아유타국 왕자였나요? 아니면 다른 누군가였나요?

영 : 그는 진짜 오빠였다.

올 : 왕자와 공주를 보내 놓고 태국 땅으로 피한 것이군요?

영 : 그래, 그랬다.

올 : 가락국 왕은 혼인 전이나 후에 아유타국을 위해 원조를 했나요?

영 : 그것은 그와 관련이 아니다.

올 : 김수로 왕과요?

영 : 아니, 아유타국.

올 : 아유타국을 멸망에서 되살리기 위해 아무것도 하지 않았나요? 가락국 왕은?

영 : 왕은 하지 않았다.

올 : 다른 누가 했나요? 가락국에서 장유화상이나 그 외의 다른 인물 중에…….

영 : 나중에 왕비의 아들이 해결했다.

올 : 허황옥 왕후는 10명의 왕자와 1명의 공주를 낳았다고 하지요. 그러나 혹자는 말하기를 왕후는 자녀를 낳지 못했고, 따라온 어느 누구도 아이를 낳지 않아서 인도인의 유전자가 가야인에게 있지

않았다고 해요. 어느 것이 진실인가요?

영 : 왕후는 10명, 하나 낳았다.

올 : 공주와 같이 온 사람들의 유전자도 가락국에 있게 되었나요?

영 : 그것은 유전자와 관련 아니다.

올 : 공주 이외에는 그들 중 아무도 가락국에서 자손을 낳지 않은 건가
　　요? 시녀도 있을 테고, 같이 온 호위무사도 있을 텐데요.

영 : 그들은 자녀를 낳지 않았다. 공주만 아이를 낳았다.

올 : 그렇군요. 왕릉의 유적과 인도 아요디아 지역 유적들 중에 동질
　　성이 있다고 하네요. 두 마리의 물고기, 연꽃 봉오리, 활, 불탑
　　모양, 풍차 모양의 태양 문양 등이요. 어느 쪽에서 어느 쪽으로
　　전수된 것인가요?

영 : 그것은 아요디아에서 김수로에게로 전수됐다.

올 : 가락, 가야란 발음도 그곳에서 온 것인가요?

영 : 발음만 따온 게 아니라 쓰는 것도 같았다.

올 : 물고기를 뜻하는 것 말인가요?

영 : 아니. 쓰는 것도 그땐 다르게 썼다.

올 : 아요디아에서 쓰는 글로 물고기를 썼다고요?

영 : 그래. 가락, 가야 그렇게 썼다.

올 : 그것이 고대 인도어인 '드라비다어'라고 알려진 글과 뜻으로인
　　가요?

영 : 그래, 그렇게 되었다.

올 : 공주가 온 길은, 갠지스 강을 따라 배를 타고 김해까지 온 것인
　　가요?

나는 지도를 살펴보았다. 캄보디아 아래로 잘록한 부분만 육로로 생
각하다가 석탑을 떠올리고 다른 길을 살펴보았다. 수마트라 섬을 돌아,
보르네오 섬 사이로 돌아, 북진해서 남중국해로 갔을까 생각하며 짚어
보았다.

영 : 비슷하다. 그러나 네가 표시한 길은 아니다.
올 : 파사석탑을 육로로 가져오긴 힘들 텐데요. 다른 길이면 어느 길
　　인지 알려 주겠어요?

그가 표시한 것은 갠지스 강을 따라 내려와서 수마트라 섬을 돌아, 셀
레베스 섬 외부, 필리핀 외부를 돌아서 올라가, 가야에 이르는 길이었다.

올 : 이렇게 멀리 힘든 길을 왔군요. 왕후의 이름이 왜 '허황옥'이 된
　　건가요?
영 : 그들은 인도에서 오기 전, 이름을 지었다.
올 : 한반도 남부식 이름으로 말인가요?
영 : 그래.
올 : 왕후는 자신의 아들 중, 둘을 자신의 성을 따르게 해달라고 부탁
　　했다고 하네요. 그래서 김해 허 씨가 생겼대요. 아유타국 왕실
　　성도 아닌데, 대체 왜 그랬을까요?
영 : 그것은 여자의 마음이었다.
올 : 그렇군요.

나는 질문을 마치기로 했고, 우리는 마치는 말들을 했다.

〈독자와의 대화〉

독: 그렇다면 허황옥 공주가 김수로 왕과 결혼해서 자녀를 가졌던 것은 두 가지 이유에서 그렇게 했던 것 같기도 하네요.

1. 인도 땅에서 자신의 민족들이 살던 곳에 위기가 닥침.

2. 본향인 한반도의 왕과 후손을 낳음으로써, 자신의 민족들이 미래가 보장된(?) 한반도에 환생할 수 있도록 함.

어때요? 비슷한가요?

올 : 민족의 문제가 아니라 왕실이 피신하며 왕자와 공주의 안위를 걱정하여 결정한 것입니다. 태국의 아유티아는 아유타국이 있는 아요디아를 따서 이름 지은 것으로 보입니다. 속국인 셈이지요. 그 당시의 한반도에 있는 나라 사람들이, 한민족이 온 곳을 제대로 알지 못하는 것처럼 그들도 그랬을 거라 생각합니다. 지구 흔들림 이전에는 오히려 그들이 더 발달한 과학과 문화를 가지고 있었습니다. 환생국은 언제나 같지는 않습니다. 거의 대부분이 같은 별에서 환생하는 것뿐입니다. 더구나 그 당시의 인도 사람들은 환생을 믿지 않았습니다. 어느 세상으로 가서 계속 사는 것으로 알았지요. 한국으로 말하면, 하늘나라에 가서 살고 있다고 생각하는 사람들이 있는 것처럼 말이죠.

독 : 전생의 삶을 잘 살아서 지금은 좋은 환경에서 잘 살고 있는 사람들을 보면, 다음 생에서의 삶은 그리 좋지 못할 거라 생각됩니

다. 지구의 인간들이 아직 영격이 낮아서 그러한 삶이 반복되는 것이 아닌가 생각되네요.

올 : 지금의 좋은 환경이 오히려 좋지 않은 업을 만들게 되어 후생의 좋지 않은 환경을 가져올 수 있기도 합니다. 현실계의 삶도 사는 사람으로서, 환생의 좋은 조건을 말하라면 이런 것들을 생각합니다. 건강한 정신과 신체, 성장하기까지의 시절을 잘 돌보며 인성과 사회성, 살아나가는 방법 등을 잘 가르칠 부모, 영적인 성숙을 코치해 줄 누군가의 등장, 노력했을 때 찾아오는 성공과 돈, 자녀에 대한 것, 무난한 형제, 무난하고 가까운 친척(배우자가 조건에 없는 것은, 환생조건이 아니라 현실계의 선택이기 때문). 사람마다 생각은 다르겠지만 영계를 들여다보기도 하는 사람으로서의 생각일 뿐, 영체의 생각은 또 차이가 있을 것입니다. 현실계의 삶에서 매번 좋은 환경에서 태어나기는 어려울 것입니다. 현생에서 어떤 삶을 살았느냐에 따라 다음 생이 정해지니, 어느 사람이 가진 환경이 오히려 선업을 쌓는 데 방해가 되고 악업을 쌓게 되는 경우도 있으니까요.

독 : 현실계의 삶에서 매번 좋은 환경에서 태어나는 사람들은 영격이 높은 사람들인가요?

올 : 좋은 환경에서 태어났다고 해서 영격이 높다고 볼 수는 없습니다. 계속해서 환생을 거듭하니 영체들은 앞으로의 환생에 대해 꾸준히 생각해야 합니다. 그래서 영격이 높으면 영체는 더 많은 것을 생각하고, 환생들의 환생조건에 안배를 합니다.

29

필리핀 등지의 해역에서 사라진 땅

　대만의 윗부분은 한국과 일본의 옛 땅과 같은 땅이었고, 인도인의 조상들이 그곳에 살았었다. 그러나 대만의 아래 부분은 다른 민족이 사는 땅이었다. 요나구니 섬은 대만의 아래 부분과 같은 영토였다. 그러니 요나구니 해저유적은 이 땅에 살던 민족의 유적이다.

　올 : 지구 흔들림 이전에는 여기(대만)의 아래 부분과 여기(요나구니 섬)
　　　가 연결되어 있었나요?
　영 : 아니.
　올 : 그때도 바다가 사이에 있었나요?
　영 : 아니, 바다가 아니었다.
　올 : 연결은 아닌 같은 땅의 일부분들이었나요?
　영 : 같은 땅이었다.
　올 : 이 땅(대만 일부, 요나구니 섬)이 포함됐던 땅을 알려 주겠어요?
　그는 지도에서 땅이 있던 곳을 그려 주었다.

올 : 서쪽으로는 마야와 잉카의 조상들이 있던 땅(인도 아래 부분과 바닷
　　속에 가라앉은 땅)과 닿아 있군요. 사이에 바다가 있었나요?

　지도상으로는 닿아 있지만 실제 땅은 차이가 있을 수 있으니 그렇게
질문했다.

영 : 아니, 땅이 연결되어 있었다.
올 : 그렇군요. 남쪽으로는 호주 일부분과도 연결된 부분이 있던 건
　　가요?
영 : 아니, 연결 아니다. 떨어져 있다.
올 : 알겠어요.

　그 땅에 들어 있는 현재의 것들은 중국 남부 조금, 베트남과 타이도
얼마간 들어 있고, 캄보디아, 말레이시아, 싱가포르, 인도네시아, 필리
핀, 팔라우 등이 들어 있는 큰 땅이었다.

올 : 땅이 여기도 무너졌던 것인가요?
영 : 아니, 무너지고 가라앉고 했다.
올 : 섬들이 많은 것은 해수가 상승한 것도 원인인가요? 물에 잠겨 높
　　은 지대가 섬이 된 것이요.
영 : 해수가 높아진 건 다 그랬다.
올 : 네, 그랬었다고 들었어요. 하지만 여긴 섬이 유독 많아서요. 섬
　　이 이렇게 많아진 어떤 이유가 있었나요?
영 : 하지만 많은 섬들이 그렇게 만들어졌다.

올 : 또 다른 이유 없어요?

영 : 아니, 다른 이유 있다.

올 : 무엇이었나요?

영 : 섬들이 아니라 땅들이 조각조각 나뉘었다.

올 : 그랬군요. 토질도 원인이었나요?

영 : 아니.

올 : 무엇이었어요?

영 : 그건 땅의 운명 같은 것이다.

올 : 저런, 그랬군요. 이 땅에서는 한 민족만이 살았었나요?

영 : 아니, 여러 민족이 살았었다.

올 : 네, 그랬군요. 대만과 요나구니 섬은 어느 민족의 조상들이 살았던 것인가요?

그는 그들 땅의 크기를 표시해 주었다. 그것은 3분의 2정도의 윗부분이었다. 그리고 현재의 민족이 있는 곳도 표시해 주었다.

올 : 이 땅(윗부분)의 생존자가 있었나요?

영 : 아니, 거의 사망했다.

올 : 살아난 사람은 그 수가 적어서 나라를 이룰 만큼도 못 되었나요?

영 : 그들은 거의 전멸했다.

올 : 보르네오 섬이나 수마트라 섬, 캄보디아, 베트남 등 크게 남아 있는 곳도 많은데, 어째서요?

영 : 거긴 산악지대였다.

올 : 역시, 그렇군요. 그래서 산 아래 지역에 살던 사람은 스스로 나

라를 세우지 못하고 흡수된 것인가요?

영 : 아니, 세우긴 세웠었다.

올 : 지금의 인도 땅에요?

영 : 아니, 그땐 거기까지 가지 않았다.

올 : 어디 지역에 세웠던 것인데요?

그가 표시한 곳은 미얀마였고, 방글라데시도 약간 포함되었다.

올 : 그러다 전쟁으로 멸망한 건가요?

영 : 아니, 스스로 자멸했다.

올 : 그래서 아까 대만과 요나구니 섬은 어느 민족의 조상들이 살았던
    것인지를 질문했을 때, 인도를 표시했던 건가요?

영 : 아니, 인도 지역에 있다는 얘기였다.

올 : 네, 그랬군요. 그들의 후손은 인도인이 된 것이라고 해야 하나요?

영 : 그래. 그리고 그들은 없어졌다.

올 : 왜 없어졌다고 하는 건가요?

영 : 따로 특성을 가지고 있지 않다.

올 : 요나구니 섬의 해저유적과 일본 니시카라쯔 해저유적 주인들의
    과학, 문화 차이가 궁금한데요. 요나구니 섬 해저유적의 주인인
    민족은 어땠나요?

영 : 그 민족은 평화롭지 않다.

올 : 타락했었나요?

영 : 아니, 그들보다 나았다.

올 : 과학과 문화는요?

영 : 하지만 그들보다 낫지 않다.

올 : 그랬군요. 그 땅의 아래 부분에는 한 민족이 살았었나요?

영 : 아니. 그건 작게 여러 나라로 나뉘었었다.

올 : 거긴 생존자가 더 없을 것 같은데요? 거의 바다이고 뉴기니 섬의 절반정도뿐이에요.

영 : 거의 사망한 거 아니다.

올 : 그럼요? 어땠는데요?

영 : 거의 전멸했다.

올 : 그랬군요. 뉴기니 섬도 산악지대였나요?

영 : 그래, 거기 남은 섬은 산악지대 끄트머리이다.

올 : 거의 전멸했으나 남은 후손이 간 곳은 있겠지요?

영 : 그래.

올 : 현재의 나라로 하면, 어디인가요?

영 : 여기(인도, 중국 등지). 그냥 멀리 퍼졌다.

올 : 네팔도인가요?

인도와 중국 사이에 있는 곳이라 그렇게 질문했다.

영 : 아니.

올 : 동태평양 남쪽에도 땅이 있었는지 알려 주겠어요?

영 : 여긴 아니다. 여긴 바다였다.

나는 질문을 마치기로 했고, 우리는 마치는 말들을 했다.

〈독자와의 대화〉

독 : 영계에서는 인간들의 세상에 관여를 하지 않는다고 했습니다. 그
   런데 명당지기에 묻히는 사람들을 보면, 영계에서 관여를 해서
   삶을 잘 살아온 사람만이 들어가는 것 같기도 합니다.
올 : 관여를 안 한다기보다는 정해진 프로그램에 의해 움직이며, 무
   언가가 외부와 내부에서 추가로 아주 조금 들어올 때가 있어 변
   동되는 것으로 비교할 수도 있습니다. 그것이 똑 떨어지게 무엇
   이다 할 수가 없군요. 내부에서 들어온다고 볼 수 있는 것은 사
   람들의 믿음이 하늘을 움직여 미래를 바꾸고 기적이 종교들에 일
   어나는 것과도 같습니다. 그렇다고 종교들에서 일어나는 기적이
   또 모두 이런 식으로 일어나는 것도 아니지요. 어쨌든 가장 기본
   적인 틀은 자체 시스템이라 할 수 있어요. 대체로 영체들이 가만
   히 지켜보고 있는 식이지요. 영체나 영혼에게 청했는데 그래도
   가만히 있으면 관여하지 않는 것이고, 들어주면 영계에서 관여
   하는 것이 되지요. 명당지기도 마찬가지입니다. 인연에 따라 되
   기도 하고, 선하게 살았어도 나쁜 곳에 묻히기도 하죠. 악하게
   산 사람이 돈으로 명당에 들었어도, 사후판결을 피할 수 없고요.
독 : 선과 악의 분별은 무엇일까요? 요즘 영성계에선 사람이 지구에
   오기 전 모든 프로그램이 정해졌다고 하더군요. 각자의 역할에
   대해서도 체험을 위해 악인역할을 하기도 한다고……

올 : 비슷하긴 하지만, 차이가 있는 얘기군요. 모든 프로그램이 정해
    져 있지는 않아요. 그럼 자유의지는 어떻게 되겠어요.

30

인도의 카스트제도와 관련된 것

올 : 기원전 1300년경이면 지구 흔들림으로부터 많은 시간이 흐른 뒤
　　인데요. 아리안 족이 대략 그때쯤 인도에 침입했나요?

영 : 진실이 아닌 것이 있다.

올 : 어느 것이 진실이 아닌가요?

영 : '그때'로부터 먼 훗날이다.

올 : '그때'는 기원전 1300년경과 지구가 흔들린 때, 둘 중 어느 것을
　　말하나요?

영 : 기원전 1300년 경.

올 : 그것 외엔 대체로 맞는 얘기인가요?

영 : 그래, 그건 맞는 얘기다.

올 : 네, 그렇군요. 그들이 처음부터 신분제도를 만들지 않았다 해도
　　혈통으로, 또 피부색에 의해 신분이 정해졌다면 지구 흔들림 이
　　후의 원주민과 유입된 사람들로 인해 그렇게 차별받고 맡은 일이
　　다르게 정해졌던 것인가요?

영 : 그들이 침입한 후 정했다.

올 : 그전에는 차별이 없었나요?

영 : 다른 종족이 차별받는 것은 당연한 얘기다. 지구에서는.

올 : 다른 민족이 2000년이 훨씬 넘는 세월을 거쳐 인도에 이르렀다고 볼 때, 그렇게 차별받으며 이미 신분이 정해졌던 것으로 볼 수 있겠네요?

영 : 그렇다. 카스트제도는 그들(인도 침입자)에게 필요한 제도였을 뿐. 나중에 그들(침입자)이 정한 명목상 이유로는.

올 : 한국, 일본의 옛 땅에서 간 사람들이 드라비다 족인가요?

영 : 그렇게 불리기도 했다. 그러나 그건 후에 정한 이름이다.

올 : 인도 아유타국 공주 허황옥도 드라비다 족이었네요. 드라비다어로 가락, 가야는 물고기를 뜻하는 것이라고 하셨어요. 자신도 조상들이 살던 땅에 온 셈이네요.

영 : 그래, 그렇게 되었다.

올 : 한국인도 이제는 피부색이 여러 가지에요. 다문화 가정도 있고, 귀화인도 있으니까요. 일반적인 동양인으로서의 한국인 피부로 본다면, 드라비다 족은 한국인에 비해 피부색이 어떤가요?

영 : 그들이 한국인보다 피부가 더 하얗다.

올 : 드라비다 족은 모두 크샤트리아와 브라만 계급이 되었나요?

영 : 하지만 그들도 나뉘었다.

올 : 바이샤와 수드라까지요?

영 : 아니, 이것까지.

그는 바이샤를 가리켰다.

올 : 브라만은 제사의식 거행 때문에 드라비다 족이 있었겠지만, 침입
　　자인 아리안 족은 크샤트리아만으로 만족하진 않았을 것 같은데
　　요. 그들은 브라만 계급도 가졌나요?

영 : 아리안?

올 : 네, 그렇게 불린 침입자.

영 : 그것(아리안)은 후에 붙여진 이름이다.

올 : 그렇군요. 그들은 어느 계급들을 차지했었나요?

그가 표시한 것은 위에서부터 세 가지 계급인 브라만, 크샤트리아,
바이샤였다.

올 : 드라비다 족이 살던 곳과 이어진 땅인 남쪽(요나구니 해저 유적의 주
　　인인 민족이 살던 땅)에 살던 민족은 차별을 받았었을 테니, 수드라
　　나 하리잔이었지 않을까 생각되네요. 어느 계급이었나요?

영 : 그들은 수드라, 하리잔 아니다.

올 : 차별 받았다면서요?

영 : 처음엔 아니다.

올 : 일반적인 생각으로는 처음이 오히려 민심이 흉흉해서 차별받았
　　을 것 같은데요? 이주해 정착한 후에 그들도 왔을 테고, 만일 그
　　들이 먼저 왔으면 그들이 주가 되는 민족이었을 테니까요. 그래
　　서 그들이 늦게 도착했을 거라고 생각해요.

영 : 그들이 처음에 차별한 건 아니다.

올 : 어째서요?

영 : 그들은 처음엔 너그러웠다.

올 : 그랬군요. 두 민족이 피부색은 같았나요?

영 : 아니, 달랐다.

올 : 요나구니 섬이 속한 지역 사람들은 요즘의 동양인 피부에 속했나요?

영 : 아니, 그들도 흰 피부였다.

올 : 그랬군요. 그들은 어느 계급에 속했었나요?

그가 가리킨 것은 4계급 모두였다. 브라만, 크샤트리아, 바이샤, 수드라.

올 : 남는 건 하리잔이네요. 인도에 유입된 다른 민족은 또 있다는 얘기네요. 단체로 유입된 민족이 또 있는 것이군요?

영 : 아니.

올 : 지구 흔들림으로 살던 땅을 떠나 인도로 간 종족이 '더 이상은 없었던' 건가요?

영 : 아니, 다른 게 아니다.

올 : 무슨 뜻인가요?

그는 '더 이상은 없었던'에 표시를 했다.

올 : 하리잔은 어느 민족이 그렇게 된 건가요?

영 : 그들은 어느 땅에서 온 게 아니다.

올 : 인도 땅에 원래 있던 사람들은 다 떠났잖아요. 그럼 그들, 그러니까 하리잔은 어떻게 생겨난 건가요?

영 : 그들은 지구에 있던 사람들이다.

올 : 원래 있던 원주민도 아니고, 이제까지 설명한 세 민족도 아니
    고…… 어떻게 질문해야 적당할까요?

영 : 그들이 어디서 살다 왔는지 질문하면 된다.

올 : 네, 그들이 어디서 살다 온 건가요?

영 : 그들은…….

그가 동그라미를 친 곳은 리비아 조금, 이집트, 수단 조금, 터키, 아
랍, 이란 등지, 카자흐스탄 조금이었다.

올 : 그들이 어떤 이유로 인도에 가서 살게 된 건가요?

영 : 그들은 생활이 힘들어 가게 됐다.

올 : 현대에서도 있는, 더 부유한 나라로 가는 이민과 비슷한 건가요?

영 : 그래. 그러나 지금과 다르다.

올 : 여권 문제가 없어서요?

영 : 그래, 그때는 살면 됐다.

올 : 그때 그들이 살던 지역에서는 모두 피부가 검은 편이었나요? 하
    리잔은 피부가 검은 편이던데요?

영 : 그래. 피부도 검고 사람도 달랐다. 종족도 '어두웠다'.

올 : '어두웠다'는 것은 무엇인가요?

영 : '어두웠다'는 것은 피부색이 아니다.

올 : 그렇다면 무엇인가요? 삶이 힘들어서 지쳐 있는 사람들에게서 생
    겨나는 부정적 에너지인가요?

영 : 이것(삶이 힘들어서 지쳐 있는 사람들에게서 생겨나는 부정적 에너지)과

비슷하다.

올 : 그렇군요. 그들이 온 지역은 현재의 것만 (지도상으로) 보아도 인도의 3배쯤 되네요. 그 지역에서 살아남은 사람들이 유입된 것이 아니고 일부가 후에 조금씩 들어온 건가요?

영 : 처음엔 아니었다.

올 : 네, 흔들림으로 들어온 종족은 아니라고 했으니까요.

영 : 나중에 유입됐다. 조금씩, 조금씩.

올 : 알겠어요. 오늘의 주제에 대한 질문은 여기까지 할게요. 알려 주어서 고마워요. 얘기 마쳐도 될까요?

영 : 얘기 마쳐도 된다.

2013. 2. 26.

(이 글은 독자의 질문에 의해 쓰였습니다.)

31

평화로운 다른 별 사람의 깨달음은

올 : 독자의 질문을 받고 쓰게 되었지만, 다른 별에서 살고 있는 현실
　　계 사람을 단 한 번도 만난 적이 없습니다. 만났던 여러 종류의
　　사람들이나 그 외는 다른 형태였어요. 깨달음을 얻어 평화롭게
　　된 별 사람들의 이야기를 해주겠어요?

영 : 하지만 쓰기로 했다.

올 : 네. 몇 개의 별 이야기를 해주실 건가요? 하나, 둘…….

그는 '둘'에 표를 했다.

올 : 우주의 별들 중에서 어느 별들로 할지 정하셨나요?

영 : 하지만 이미 정했다.

올 : 그러리라고 생각했어요.

현실계 사람과는 달리 그들은 생각, 말의 전달이 매우 빠르다. 그러나

현실계 사람과 대화 때는 대개 맞추어 준다.

올 : 정한 것 중에 첫 번째 별의 이야기는 무엇인가요?

영 : 그러면 그것을 말해야 한다.

　　그럼 말해야 한다.

올 : 알려 주겠어요?

영 : 그들의 이야기는 '이러하다'.

'이러하다'의 안의 말은 '설명을 하면 그것이 안의 말이 된다.'이다.

올 : 안의 말을 설명해 주겠어요? 들을게요.

영 : 그들은 많은 거리에 떨어져 있다.

올 : 거리는 묻지 않을게요. 그다음은요?

영 : 그 별 사람들은 '이렇게 산다'.

올 : '이렇게 산다'의 안의 말을 들려주세요.

영 : 그 사람들은 평화롭게 산다.

올 : 지구에 다녀간 적이 있는 사람들이 그 별에 있었나요?

영 : 아니.

올 : 네, 알겠어요. 어떻게 평화롭게 되었나요?

영 : 그들은 언제나 평화로운 건 아니다.

올 : 그렇군요. 일상생활을 하다 보면 언제나 평화롭지는 못한 환경이
　　현실계라고 생각해요. 그래도 그렇게 되기까지는 평화롭지 못했
　　던 조상들을 거쳤겠지요?

영 : 그래. 그들도 지구처럼 진화를 거쳤다.

올 : 그랬군요. 혹시 그들에게도 존재나 존재들 신분의 또 다른 누군 가가 다녀가셨던가요?

영 : 아니, 그렇지 않다. 그건 지구에 해당된다.

올 : 그들에게도 진화의 과정 중에 종교가 있었나요?

영 : 아니.

올 : 그들은 과학이 발달했나요?

영 : 하지만 그들은 이미 다른 별로 다니기도 한다.

올 : 거리를 따졌을 때, 그들이 지구에 다녀갈 가능성도 있나요?

영 : 아니, 멀리 있어 그렇지 않다.

올 : 은하를 여럿 지나는 것이로군요?

영 : 하지만 많이 지나야 한다.

올 : 네, 알겠어요. 그들은 어떤 계기로 깨달음을 얻었나요?

영 : 계기가 아니다.

올 : 진화의 과정을 거친 것이라고 보아야 하나요?

영 : 하지만 모든 별이 그렇게 되진 않는다.

올 : 그러나 모든 별이 가야 할 길이겠지요?

영 : 그래, 그래야 한다.

올 : 알겠어요. 그들이 그렇게 된 이야기를 해주겠어요?

영 : 그들에게 '변화'가 있었던 건 아니다.

올 : 여기에서 '변화'는 무엇을 말하나요?

영 : 무엇이 아니다. 평화로와진 것.

그는 '평화로워진 것'이라 하지 않았다. 그렇다면 상위영계에서 볼 때 등급이 낮은 평화였다는 의미이다.

190

올 : 서서히, 오랜 시간을 지나며 의식의 변화가 온 건가요?

영 : 아니, 그것과 다르다.

올 : 깨달음을 얻어서이겠지요?

영 : 비슷하다.

올 : 설명이 필요해요.

영 : 그들에게 평화로움이 온 건 스스로 노력해서가 아니다.
　　그래서 그들은 평화로와졌다.

올 : 좀 더 설명이 필요해요.

영 : 평화로와진 건 과정이 있어야 한다.

올 : 네, 그다음 설명은요?

영 : 과정이 있은 후에는 설명을 해야 한다.

올 : 들을게요.

영 : 과정은 어느 별이나 비슷하다.

올 : 환생이 계속 일어나서 현실계 삶에서 많은 것을 체험하며 생각하
　　는 것도 해당되나요?

영 : 그런 것이 기본이다.

올 : 그러니까, 환생을 거듭하는 중요한 이유 중 한 가지는 현실계 사
　　람이 평화로와져야 하기 때문인가요?

영 : 그것은 중요한 이유 중 하나이다.

올 : 과정은 어느 별이나 비슷하다고 하셨는데, 그건 이 우주에서 환
　　생을 하는 별들은 그런 과정(환생을 하며 거치는 것들 – 현실계 삶, 사
　　후심판, 저승에서의 삶)을 겪어야 하도록 되어 있는 것이겠지요?

영 : 비슷하다. 그러나 모든 별이 그렇게 되어 있다.

올 : 우주의 법칙이 이미 정해져 있어서 그것이 적용되고, 인간의 의

지와 선택에 따라 미래도 바뀌고, 그들(현실계 사람) 믿음에 따라 스스로를 가두고 제한하는 것들도 생겨나서 그것이 자신들에게서 오는 것임을 모르기도 하고요. 지구는 그러한데, 모든 별도 그러한가요?

영 : 그래. 그러나 뒷얘기는 나중에 깨달으면 바뀐다.

올 : 네, 뒷얘기는 글을 통해 알리긴 했었지요. 지구인들도 이제 아는 이들도 있고, 그렇지 않은 이들도 알게 되겠지요. 그 별 사람들 얘기를 더 해주세요. 그다음이요.

영 : 하지만 환생을 얘기했다.

올 : 네, 환생을 하면서 어떤 일이 그들에게 일어난 건가요?

영 : 그들에게 평화로움이 일어난 것은, 과정을 거치고 평화로운 단계에 이르렀다.

올 : 그들에게 환생의 과정들 외에 어떤 특별한 일이 있었나요?

영 : 아니, 과정을 거치면 깨닫게 된다.

올 : 그들은 대개의 지구인보다 윤회 수가 더 많을까요?

영 : 아니, 그렇지 않다.

올 : 그들 별에도 별 흔들림이 일어났었나요?

영 : 아니, 그렇지 않다.

올 : 그들에게도 보내어진 사람은 있었겠지요? 더 진화된 별의 사람이 직접 가거나 환생을 통해 보내어져서 깨달음을 도와주는 것이요.

영 : 그런 것은 어느 별에나 일어난다.

올 : 우주의 모든 별에, 과정 중 일어나도록 안배되어 있는 건가요?

영 : 그래.

올 : 그렇게 되면 문명, 과학이 전수되거나 그 외의 것이 전해지기도

할 텐데요.

영 : 그런 것은 이미 일어나 있다.

올 : 평화를 얻는 것으로, 그 외에 지구인이 참고할 다른 것은요?

영 : 하지만 그건 설명했다.

올 : 알겠어요. 알려 주어서 고마워요. 다른 별 이야기는 다음에 들려주겠어요?

영 : 그래. 그럼 마쳐야 한다.

올 : 네.

우리는 그렇게 마치는 말들을 했다.

2013. 2. 28.

(이 글은 독자의 질문에 의해 쓰였습니다.)

〈독자와의 대화〉

독 : 육체 유전자의 유입과 기 유전자의 유입이 지구에 비해 덜했었던 것인지요. 그것도 그들이 더 평화로워진 이유가 될 수 있을까요? 그 평화로운 별의 영체들은 좀 더 현실계에 관여하는 쪽이었나요? 무언가의 관여가 아니면 이해하기 힘든 상황인 것 같아서요. 그것이 아니면 거의 모든 조건이 지구와 동일하지만, 그 별의 현실계 사람들이 더 나은 선택들을 해왔다고 이해하면 되는 건가요?

올 : 최초 인류들의 자연스런 후손들 외에 새로이 만들어진 육체 유전자의 유입은 아주 낮은 어떤 것을 끌어들이지요. 그럼 아주 낮은 기 유전자도 끌어들이고, 그렇게 생겨난 사람은 평화로운 것과는 아주 거리가 멀어요. 지적생명체라기보다는 사람 형상을 갖추고, 학습에 의해 배운 지식을 갖고 있으며, 짐승이나 유인원에 가까운 마음을 갖고 있는 무서운 사람들이에요. 그래서 지구인은, 사례로 든 별보다 평화롭게 되는 것에서 뒤떨어질 수밖에 없었지요. 그 별은 그 별에 속한 영혼들의 수에 의해서 거의 유지되었어요. 그것은 퇴보 없이 전진한다는 의미도 돼요. 여러 면에서 그래요. '거의'란 단어를 쓴 것은 자연스러운 유입은 있었기 때문인데, 그런 것은 지구에서도 있어 온 일이지요. 육체 유전자는 지구인의 것을, 그리고 기 유전자는 영격이 더 높은 별의 것을 가지고 환생하는 사람들 얘기요. 그러나 아주 드물게, 약간 더 낮은 별의 사람이 환생해 오는 것도 자연스런 유입에 속해요. 그 별의 흔들림이 없었다는 것은, 타민족 침략죄가 별을 흔들 만큼 쌓이지 않았다는 얘기지요. 만일지구에도 최초 인류들 수만큼의 영혼 영체에 의해 유지되고, 그 외에 자연스런 기 유전자의 유입이 있었더라면 그 별보다 못하지 않았을 거예요. 지구 사람들의 과학이나 평화의 수준도 퇴보한 것처럼, 영체들의 공동체 의식도 퇴보했어요. 지구 영체들 공동체에 유입된, 영격이 아주 낮은 영체들이 많이 있었으니까요. 그러니까 지구는 그 별과 거의 동일한 조건의 별이지만, 차이점은 출생 증가와 만들어진 사람들이 있었다는 것이었어요.

32

평화로운 사람들이 사는 또 다른 별

올 : 어제 얘기한 별과 오늘 얘기할 별은 같은 은하에 있나요?

그는 같은 은하라고 알려 주었다.

올 : 태양 역할을 하는 별은 같은 별인가요?

같은 별이라고 그는 답했다.

올 : 혹시 그들은 서로 왕래도 하나요?

영 : 그들은 서로가 알고 다닌다.

올 : 오늘 알려 줄 별 사람들도 과학이 발달하여 외계로 다니는 수준
　　에 이르렀다는 얘기네요.

영 : 아니, 한쪽은 아니다.

올 : 두 별의 영혼들 나이 차이가 많은 건가요, 한쪽의 과학 발달이

더딘 건가요?

영 : 하지만 그런 건 관계없다.

올 : 무슨 뜻인가요?

영 : 오늘의 주제는 '평화로움을 어떻게 얻었는지'이다.

올 : 그렇긴 해요. 그러나 들어보세요. 지구의 현실계 사람들은 두 별
의 과학 · 진화 · 영격 등의 수준이 비슷하다면 평화로움을 얻게
되는 깨달음에 이르는 시기 역시 같은 것이 어쩌면 당연하지 않
을까라고 생각할 수 있어요. 게다가 우주의 별들에 대해서 정보
를 알 수 있는 기회가 이들에게는 쉽게 찾아오지 않았어요. 그리
고 이들이 가야 할 길이니 한 별보다는 두 별에 대해서 차이점도
알려 주는 것이, 깨닫는 데 도움이 될 거라고 생각해요. 그러니,
주제를 조금 벗어나는 것도 허용해 줄 수 있나요?

영 : 하지만 허용할 수 있다.

올 : 네, 고마워요. 두 별 영계의 사람들이 환생회수 차이가 많은가요?

영 : 차이가 많은 게 아니다.

올 : 두 번째 별에 별 흔들림이 있었나요?

영 : 아니.

올 : 별의 삶 환경이 나빴나요?

영 : 아니.

올 : 어째서 과학이 더뎠을까요?

영 : 하지만 그건 별들의 조건이 아니다.

올 : 이 별을 고른 이유를 질문해도 될까요?

영 : 하지만 질문해도 된다.

올 : 무엇인가요?

영 : 오늘의 별은 어제와 비교되어 알려 주기에 적당했다.

올 : 네, 그랬군요. 비교대상이 필요하다고 생각은 했었어요. 오늘의 별 이야기에서 사람들이 깨우쳐야 할 것은 무엇인가요? 혹시 과학의 발달이 더뎌도 평화롭게 살 수 있다는 것인가요? 아니면 다른 얘기인가요?

영 : 하지만 너는 그것을 안다.

올 : 글쎄요. 방금 말한 것인가요?

영 : 아니.

올 : 알려 주겠어요?

영 : 사람이 빵으로만 살 수 없다는 얘기.

올 : 아마도, 나자렛 예수의 말이었을걸요?

영 : 그래.

올 : 여기서 깨달아야 할 것은 무엇인가요?

영 : 여러 경우에서도 깨달아야 한다.

올 : 네, 알겠어요. 그들은 어떻게 깨달음을 얻어 평화로움을 갖게 된 건가요?

영 : 그들은 앞서 얘기한 별에서 가르쳤다.

올 : 앞서 얘기한 별은, 사람이라고 알렸나요?

영 : 그들은 알렸다. 그래서 신이 아님을 안다.

올 : 그들은 평화를 갖는 것 외에 무엇을 전한 건가요?

영 : 그들은 여러 가지를 가르쳤다.

올 : 알겠어요.

나는 질문을 마치기로 했고, 우리는 마치는 말들을 했다.

(이 글은 독자의 질문에 의해 쓰였습니다.)

〈독자와의 대화〉

독 : 결혼을 하는 것은 인간 의지의 결정이라고 했습니다(생각해 보면
　　이 말이 맞습니다). 그런데 결혼을 해서 인생이 많이 바뀌는 경우는
　　어찌 된 일인지 궁금합니다.

올 : '갈림길에서 어느 길을 갔는지'와 같고, '그 길을 가면서 생기는
　　문제를 어떻게 대처했는지'와 같은 것입니다. 환생해서 겪을 모
　　든 일을 미리 정하는 것이 아닙니다.

독 : 목적은 영적깨달음이군요.

올 : 환생하는 이유 중에서 중요한 것입니다.

독 : 상위영계에서 온 사람은 물질에 욕심에 없다고 했습니다. 그렇다
　　면 영적깨달음을 얻은 별들의 사람들은 모두가 상위영계에서 온
　　사람같이 말하며 행동하고 물질에 그리 욕심도 없나요? 그런데
　　별들의 사람 모두가 상위영계에서 온 사람같이 된다는 것이 불가
　　능할 거 같습니다. 아니면 영격이 상위영계의 수준에 조금 못 미
　　치는 정도인가요?

올 : 상위영계도 여러 단계가 있습니다. 지구 상위영계에 있는 영계
　　의 사람들─모든 지구인들의 영혼, 영체들─은 물질세계의 사람
　　들이 아니니 물질에 욕심낼 필요가 없습니다. 그들이 관심을 가
　　지고 있는 것은 그들이 행해야 할 것들입니다. 영적 깨달음을 얻

은 별들의 사람들은 말하는 것이 그들의 깨달음 정도에 따라 다릅니다. 그러나 그들도 현실계 사람이니 물욕이 아주 없다고는 할 수 없습니다. 별들의 현실계 사람과 영계의 사람과는 엄연히 사는 세상이 다릅니다. 그러니 상위영계의 사람같이 될 수는 없습니다. 영격은 현실계 사람의 것으로 따지는 것이 아니고 그 사람의 영계의 사람 것을 따집니다.

독 : 영적깨달음의 기준이 무엇일까요? 좀 혼돈스러워요. 선하기도 해야겠지만 다른 여러 것들도 있겠죠?

올 : 자신이 모르던 것을 듣거나 스스로 깨우쳐 영적으로 나아지면 되는 것이지요. 여러 가지가 있지만, 결과가 좋아지면 되는 것이에요.

33

통일

올 : 한반도에서 남북통일이 이루어질 텐데요. 이것에 대해서 무엇을
   써야 할지……. 통일이 그때쯤 된다는 것이 고정된 천기인가요?

영 : 그렇다.

올 : 현실계 사람이 자유의지로 지체한다든가, 연관되어 먼저 일어
   나기로 된 것이 지체되면 다음 것이 늦어지게 될 텐데요. 한국
   과 북한에서 통일과 연관하여 그 과정에서 지체되고 있는 일들
   이 현재 있나요?

영 : 그런 것들은 언제나 있다. 천기와 관련한 많은 것들에 그런 일이
   있다. 그러니 '그런 것들'을 쓰면 된다.

올 : 두 번째 '그런 것들'에 안의 말이 있나요?

영 : 하지만 너는 알고 있다.

올 : 네. 그걸로 인해서 정확한 날짜가 변경될 수도 있겠군요?

영 : 그래, 설명했다.

올 : 영계에서 볼 때는 현실계 사람들의 시간들이, 그들이 느끼는 것

보다 빠르게 지나겠지요?

영 : 그건 너도 알고 있다.

올 : 네, 알고 있긴 해요. 통일과 관련하여 전쟁은 없다고 알고 있는
　　데요.

영 : 전쟁은 없다.

올 : 한국인에게, 통일이 되는 대가가 있다고 생각지는 않았는데요.
　　혹시 그런 것이 있었나요?

영 : 하지만 그런 것은 질문하면 안 된다.

올 : 네, 알겠어요. 왜 그런지 이유도 알겠어요. 미래를 부정적으로
　　창조하면 안 되기 때문이겠지요?

영 : 그래, 그렇다.

올 : 통일에 대해서 한국인에게 무얼 더 알려 줄 수 있을까요?

영 : 하지만 너는 알고 있다.

올 : 네. 그렇지만 그건 천기에 관한 내용들이에요. 그것이 이루어지
　　고 있는 것들도 뉴스를 통해보기도 했고요. 그러나 무엇을 알려
　　주어도 될지는 조심스러워서요. 사람들에게 허용된 창조력이 변
　　수로 작용해서는 안 되니까요. 무엇을 알려 주어도 될까요?

영 : 하지만 조심해야 한다.

올 : 네, 조심해야죠. 이 주제는 그냥 여기서 마치는 것이 낫겠어요.

나는 질문을 마쳤고, 우리는 마치는 말들을 했다.

2013. 3. 5.

(이 글은 독자의 질문에 의해 쓰였습니다.)

〈독자와의 대화〉

독 : 전쟁은 없다니 다행입니다. 통일에 대한 대가가 뭔지 궁금해지네
요. 큰 무리 없이 통일이 되기를 바랍니다. 통일이 되면 북한 사
람들도 좀 더 잘 살기를 바랍니다.

올 : 통일에 대한 대가는 없습니다. 글에서 '영계의 사람'이 그런 것에
대해 질문하지 못하게 한 것은 어떤 이유가 있습니다. 한국 사람
들의 창조력 때문입니다. 그것 외에도 비슷한 또 다른 이유가 있
습니다. 통일이 오기 위해서는 한국 사람들이 대가를 통일 전에
치러야 한다고 말을 보태면서 힘을 자꾸 쓰기 시작하면, 그것의
정도에 따라서 그런 일이 발생할 수도 있기 때문입니다. 원래 천
기에는 통일에 대한 대가가 없습니다. 다른 힘든 일이 생기는 것
은 다른 문제입니다.

독 : 한국 사람들의 창조력 때문이라고 하셨습니다. 한국인들의 영격
이 전반적으로 높기 때문에 오는 창조력인가요?

올 : 민심(民心)이 천심(天心)이라는 말이 있습니다. 사람들의 마음이
모아지면 하늘을 움직이기도 하는데, 이 하늘의 역할은 영체들의
집단이 수행하고 있습니다. 영체들의 집단이 하늘의 역할을 수
행하는 데 있어서, 지구 전체의 하늘 역할과, 나라의 하늘 역할
을 하는 것이 따로 있습니다. 영체들은 이렇게 여러 역할을 동시
에 하도록 되어 있습니다. 답글에서 한국 사람들의 창조력에 대
해서 쓴 것은 이 하늘의 역할을 하는 영체들의 집단에 미치는 영
향을 말한 것입니다. 통일에 대해 가장 민감한 마음을 발산하는
사람들은 남과 북의 사람들이니까요. 게다가 한민족은 유럽민족

과 같이 에너지가 특별했던 땅(현재의 캐나다와 미국 땅)에서 온 사람들의 유전자가 있는 사람들입니다. 그러니 각 종교나 수련하는 곳에서의 수련 결과가 남다른 사람들이 더 분포되어 있습니다.

34

이 우주의 지적생명체는

올 : 이 우주에는 지구의 인간 형태의 현실계 사람과 같거나 비슷한
  지적생명체가 있는데, 다른 형태의 것과 비교할 때 어느 쪽이 더
  많은가요?

영 : 하지만 뒤의 것이 더 많다.

올 : 지구에서 볼 수 있는 원숭이와 형태가 비슷한 지적생명체도 있다
  는 말씀을 했었어요. 그것이 뒤의 것에 해당하는 것인데요. 원숭
  이 형태 외에도 지구에서 볼 수 있는 것과 같거나 비슷한 지적생
  명체가 또 있나요?

영 : 아니.

올 : 그 원숭이 형태와 비슷한 지적생명체는 두 발과 네 발을 사용한다
  고 하셨는데, 다른 은하 집단의 그런 종류도 같은가요?

영 : 아니.

올 : 형태는 같아도 은하 집단별 차이가 있는 건가요?

영 : 비슷하다.

올 : 글을 쓰기 전 설명에서 지구가 속한 은하를 질문했을 때, 너무 크게 그리기에 의아했었어요. 그리고 나중에 지구가 속한 은하를 다시 질문했더니 그냥 점을 찍으셨죠. 그렇게 은하가 아닌, 은하집단으로 그린 이유가 있나요?

영 : 여럿을 그렇게 그렸다.

올 : 은하 집단마다 같거나 비슷한 형태의 현실계 지적생명체가 있기에 그런 건가요?

영 : 아니, 다르게 표현했다.

올 : 어떻게요?

영 : 너의 질문에 적합한 방법이다.

올 : 그랬군요. 지구의 동물이 아닌 날짐승, 물에 사는 것이나 곤충, 벌레와 같거나 비슷한 형태의 현실계 지적생명체가 있나요?

영 : 아니.

올 : 같거나 비슷하지 않아도 그런 종류로 분류될 만한 것은요?

영 : 아니.

올 : 그리고 또 다른 것에 대한 질문은 하지 않을게요. 원숭이과 지적생명체의 영계사람은 진화가 덜 된 것이겠지요?

영 : 환생을 덜 했다.

올 : '영적진화가 덜 된 것이겠지요?'라고 질문했어야 할까요?

영 : 그래. 그렇게 해야 한다.

올 : 네. 오늘의 주제에 대해서 질문을 이만 마칠게요.

우리는 그렇게 서로 마치는 말들을 주고받았다.

2013. 3. 7.

(이 글은 독자의 질문에 의해 쓰였습니다.)

35

인도양에서 흔적이 발견된, 잃어버린 대륙

　지구 흔들림 이전에 인도양에 땅이 또 있었는지를 '영계의 사람'에게 질문해 보았다. 그가 표시해 준 땅은 거대한 대륙이었다. 그 땅은 북쪽으로는 마야 잉카의 조상들이 살던 땅과 같은 대륙이었고, 동으로는 현재의 호주 가까이였고, 남으로는 남위 60도를 넘겼고, 서로는 아프리카 대륙과 이어진 같은 대륙이었다.

　올 : 지구 흔들림이 있었던 것보다 더 오래전(900만 년 전)에 모리셔스
　　　섬이 화산 폭발로 형성되었다는 것은 조금 이상하네요. 대륙의
　　　한 곳에 화산이 있었던 것과 그 일대가 모리셔스 섬이 된 건가요?
　영 : 비슷하다.
　올 : 어떻게 된 것인데요?

　나는 두 섬을 그려 보았다.

영 : 두 섬들(마다가스카르 섬, 모리셔스 섬)은 지구 흔들림 이전에 형성
　　되었다.

올 : 그리고요?

영 : 하지만 그쪽 모리셔스에는 화산이 있었다.

올 : 두 섬들은 지구 흔들림 이전에 형성되었다고 하셨지만, 그것은
　　화산과 섬들에 대해 질문했기 때문에 나온 답인 게지요?

영 : 그래.

올 : 그리고, 표시해 준 땅이 지구 흔들림으로 무너져 바다에 가라앉
　　으면서 남은 땅이 섬들이고요.

영 : 그래, 그렇다.

　그 대륙의 흔적은 맥도널드 섬, 마다가스카르 섬, 모리셔스 섬 등으
로 남아 있다.

올 : 그 대륙은 900만 년 전보다 더 전에 생긴 것이겠지요?

영 : 지구의 모든 땅이 그 이전에 생겨 있었다.

올 : 20억 년 전보다 더 전인가요?

영 : 그보다 더 전이다.

올 : 그렇군요. 여기에 남아 있는 섬은 지대가 높았던 곳이었나요?

영 : 거의 남아 있는 땅들이 다 그렇다.

올 : 생존자가 없을 수도 있겠네요. 그 땅에서 살아남은 사람은 있었
　　나요?

영 : 아니, 없다.

올 : 그렇군요. 땅으로는 그렇지만 민족으로는 어떤가요? 아프리카와

한 대륙이었으니까요. 생존자가 있었나요?

영 : 아니, 모두 전멸했다.

올 : 아프리카와 같은 대륙이었어도 그 민족이 살던 곳은 가라앉은 것
이네요?

영 : 그래.

올 : 프린스에드워드 제도는 그 땅에 속했던 것이었나요?

영 : 아니, 그건 또 다른 땅이었다.

올 : 그래서 표시한 선 안에 들지 못했군요. 땅이 거기에 또 있었나요?
그 제도보다 더 큰 땅이?

영 : 그래. 그것은 다른 큰 땅이다.

올 : 그렇군요. 거기도 또 있었군요. 다음에 기회가 된다면 또 이것에
대해 알려 주겠어요?

영 : 그래, 그럴 수 있다.

올 : 고마워요. 인도양 속에 가라앉은 땅(모리티아 대륙)에 대해서 더 질
문할게요. 이 땅에 살던 민족은 여러 민족이었나요?

영 : 여러 민족이었다.

올 : 그들 중에 문화와 과학이 발달했던 민족도 있었나요?

영 : 아니, 그렇지 않다.

올 : 평화로운 민족이었나요?

영 : 아니.

올 : 그랬군요.

나는 질문을 마치기로 했고, 우리는 마치는 말들을 나눴다.

2013. 3. 10.

〈독자와의 대화〉

독 : 명당지기에서 장사를 하면 잘되는 이유가 궁금합니다. 사람은 본
    능적으로 명당지기를 찾아가는 것인가요?

올 : 명당지기나 유해지기는 기본적인 성질로 나뉘지만, 그 지기가 특
    성이 있는 것도 있습니다. 그래서 명당지기에서 장사를 한다고
    무조건 잘된다고 할 수는 없습니다. 그래도 일단은 주인의 마음
    과 몸이 편하니까 손님에게 잘 대할 수 있어서 도움이 됩니다. 손
    님도 그 가게는 왠지 마음이 편해진다고 여기는 사람이 늘어나므
    로 장사에 도움이 됩니다.

독 : 태어난 지 얼마 되지 않아서(1세~8세 정도) 죽은 아기들의 혼령계
    나 저승에서의 삶은 어떠한지요? 아기들의 의식대로 혼령계나
    저승에서의 삶을 살면 힘들지 않을까 싶네요.

올 : 너무 어려서, 돌봐 주지 않으면 혼자서는 어쩔 수 없는 정도의 아
    기는 누군가가 돌보아 줍니다. 혼령계이지만, 그 아기와 관련 있
    는 혼령들이 저승에서 오게 됩니다. 저승에서는, 현실계에서 생
    각하듯 아기를 키웁니다. 아기에 따라서 생각이 더딘 경우가 있
    는 것처럼 성장이 더딘 아기혼령도 있습니다. 8살 정도의 아이혼
    령은 그냥 혼자서 살기도 하고 누군가가 돌봐 주기도 하며 혼령
    계에 머물게 됩니다. 그러나 저승에 가면 아이와 연관 있는 혼령
    이 돌봐 주게 됩니다.

독 : 이 세상과 다를 바 없군요.

올 : 닮은 것이 많지요. 육체를 벗고 다른 형태로 살아가는 것이니까요.

36

말세우물

충북 증평 사청마을에 말세우물이 있다. 서기 1456년(세조2)경에 한 도승이 샘 자리를 찾아주며 이르기를 "이 우물은 아무리 가물어도 마르지 않고, 장마가 닥쳐도 물이 늘지 않지만 꼭 세 번 넘칠 것이오. 우물이 넘칠 때마다 나라에 큰 변이 일어나는데, 세 번째 넘치는 날에는 말세가 된 것이니 그때는 마을을 떠나시오."라고 하더니 홀연히 사라졌다고 한다.

1592년 임진왜란이 일어나던 해 정초에 넘쳤고, 두 번째 우물이 넘친 때는 1910년 경술국치 때였다. 1950년 6월 24일에는 우물이 1m 내외로 불어나서 6·25사변을 알렸다. 1995년 11월에 또 우물이 불어났다가 줄었다. 유래비에는 '이번의 알림은 무슨 변고를 예고한 것인지 모르나 후인들은 알겠지요.'라고 적혀 있다. 이 우물의 사진을 살펴보았더니 그곳에는 아주 좋은 명당지기가 있었고, 그 기운은 우물 주변에 넓게 퍼져 있었다.

올 : 그 도승의 도력이 높았던가요?

영 : 하지만 도력으로 찾는 건 아니다.

올 : 네, 샘 자리는 도력이 아니고도 찾을 수 있지요. 그러나 그 샘에서, 일어날 일을 미리 알린다는 것은 도력이 아니고도 할 수 있는 일이었나요? (그가 도승이었다니까…….)

영 : 하지만 도력이 아니고도 찾을 수 있다.

올 : 무엇으로 찾은 걸까요?

영 : 그는 도력이 아닌 지능과 지혜였다.

올 : 그걸 설명해 주세요.

영 : 도승은 '무얼' 해결했다.

올 : '무얼'의 안의 말을 알려 주세요.

영 : 도승은 '많은 것'을 해결해야 했다.

영 : 그는 샘 자리를 찾았다.

그리고 알려 주었다. 여러 가지를.

그래서 그는 여러 가지를 알려 주었다.

올 : '도승은 많은 것을 해결해야 했다'는 것은 샘 자리를 찾고 여러 가지를 알려준 것, 그것인가요? 그것에 더해 법력이나 도력을 샘에 불어넣은 것인가요?

영 : '도승은 찾았고 알려 주었다.' 그것이 말이었다.

올 : 네, 그렇군요. 도승이 알려 준 것은 그의 지혜에서 나온 것인가요?

영 : 그것은 도력이 아니다.

올 : 도력이 아니라면 무엇으로 보아야 할까요?

영 : 그건 지혜, 그리고 여러 가지 혜안이다.

올 : 그는 물의 넘침과 불어남을 예고했었어요. 그 경우들과 횟수까지

다 알 수 있었던 걸까요?

영 : 도력이 아닌 혜안으로?

올 : 네, 도력 아닌 혜안이라 하셨으니까요.

영 : 하지만 혜안만으로 내다볼 순 없다.

올 : 땅속 물줄기와 지형의 미래까지 읽은 걸까요?

영 : 그런 것이 아니다.

올 : 알려 주겠어요? 지혜와 혜안과 또 무엇인지.

영 : 그것은 둘 다 아니다. 그리고 또 있다.

올 : 무엇인가요?

영 : 도승이 가지고 있는 능력이다.

올 : 어떤 능력이었어요?

영 : 그것은 그들이 '법력'이라 부른다.

올 : 그랬군요. 익산 땀 흘리는 석불에서도 그렇고, 우물도 그렇고…… 승려의 생각으로는 그런가요?

영 : 그건 승려가 한 게 아냐.

올 : 그때 우물이 불어난 것은 석불과 같은 방식이었나요? 그 힘으로 불어난 것인가요?

영 : 아니, 그것과 다르다.

올 : 어떤 힘이 1995년 11월에 불어나게 한 것인가요?

영 : 그때는 불어나다가 다시 줄었다.

올 : 그리고요?

영 : 그래서 그 원인은 '<u>이러했다</u>'.

올 : '이러했다'의 안의 말은요?

영 : 그들이 한 게 아니다.

올 : 그럼 누가 불어났다가 줄어들게 한 것인가요?

영 : 그건 능력이 아니다.

올 : 과정을 질문하는 게 나을까요?

영 : 비슷해.

올 : 답은요?

영 : 과정 그리고 원인.

올 : 과정과 원인을 알려 주세요.

영 : 그땐 물이 불어난 게 아니다.

올 : 미리 예고한 것이지요.

영 : 불어나기 전에 '<u>어떤</u> 일'이 있어야 한다.

올 : '어떤 일'의 안의 말은요?

영 : 불어나게 하는 지형적 이상 현상.

올 : 도승이 말했기에 일어난 건가요?

영 : 비슷하다.

올 : 답은요?

영 : 도승은 여러 가지를 보았다. 그리고 그다음은 그들이 한 것이다.

올 : 알겠어요. 두 번 넘친 것은 임진왜란과 경술국치 때인데요. 나라
    의 아주 큰 위기이니까 그랬고, 세 번째 넘치면 말세가 올 거라고
    했다고 해요. 보통 말세는 세상이 끝난다는 건데…… 도승은 이
    말세를 어떤 정도로 보았을까요?

영 : 도승은 그것을 세상이 끝나는 것이 아니라 종말이라고 생각했다.

올 : 한반도만이요? 아니면 다른 나라들 전체도요?

영 : 그들이 볼 때는 이거 전체.

올 : 그럼 마을을 뜨는 것만으로는 소용이 없는데요?

영 : 하지만 피해도 피할 수 없다.

올 : 마을 주민들이요? 도승이 보는 것에서요?

영 : 그래.

올 : 그만큼 위험한 것을 말한 건가요?

영 : 그래.

올 : 두 번 넘친 것이 조선시대이니, 조선시대에서 멀지 않은 시대에 세 번째가 일어나는 것이라고 생각했을 것 같네요. 만일 아니라면 세 번째가 아니고 더 많은 횟수를 넣어야 하니까요. 세 번째가 혹시, 이미 없어졌지만 지구 흔들림을 말하는 거였을까요?

영 : 그것은 그가 본 것이 아니다.

올 : 그렇다면 그는 무엇을 보았던 건가요?

영 : 그가 본 것은 지구 세상 모두가 끝나는 것.

올 : 지금까지 그럴 수 있는 것이 무엇인가요? 승려가 본 것이요.

영 : 그가 본 것은 그냥 멸종.

올 : 외계인 침략인가요?

영 : 아니.

올 : 그가 잘못 본 것이겠지요?

영 : 그렇게 해야 한다.

올 : 아직 사건이 남아 있다는 건가요?

영 : 그래.

올 : 혹시 이런 주제를 다룰 것을 알고 있었을까요? 두 영체 중 누가.

　그는 블로그를 시작할 무렵에 내 부탁에 의해 영체에서 단계를 낮추어 따로 생성된 상태였고 원래의 영체는 그대로 있으므로, '두 영체'는 분리

되기 전의 영체와 나의 원래 영체를 말한 것이었다.

영 : 미리?

올 : 네, 어느 때든.

영 : 미리 모두 알고 있었다.

올 : 지구에 오기 전이요?

영 : 비슷해.

올 : 말세우물, 이 주제에 대해서 쓰도록 질문이 올 것과 질문자에 대해서도 미리 알고 있었나요?

영 : 그에 대해서 미리 알고 있다. 그리고 그가 질문할 것도, 그리고 그가 질문해서 이 주제를 다룰 것도 이미 모두 알고 있었다.

올 : 이것에 대해서도 두 영체가 모두 알고 있던 건가요?

영 : 그것에 대해 이미 말했다.

올 : 세 번째 물 넘침이 예고할 뻔한 것을 어떤 예지자들이 말했었다고 하더라도 그것은 그들의 잘못도 아니지요?

영 : 그래. 그들의 잘못이 아니다. 그들이 잘못 본 게 아니다. 없어졌을 뿐.

나는 질문을 마쳤고, 우리는 마치는 말들을 했다.

사람들이 해야 할 것은 평화가 있기를 바라는 것이다. 그리고 또, 우물이 세 번째로 넘치는 일이 없어야 한다는 생각을 가져야 한다는 것이다.

2013. 3. 12.

(이 글은 독자의 질문에 의해 쓰였습니다.)

〈독자와의 대화〉

독 : 영계의 사람이 마지막에 말한 "그들이 잘못 본 게 아니다. 없어졌
　　을 뿐."이라는 말은 무슨 말인지요? 세 번째 우물이 넘치는 일이
　　없어졌다는 말인지, 아니면 사람들이 평화가 있기를 바라는 마음
　　을 가지면 일어나지 않는다는 것인지 헷갈리네요. 사람 하나하나
　　의 에너지가 모이면 매래를 바꿀 수도 있다니 새삼 놀랍습니다.
　　사람의 긍정적인 생각이 별거 아닌 게 아니라 정말 중요하군요.

올 : 미래가 바뀌었다는 뜻입니다. 그들이 본 것은 미래였고, 그것이
　　일어나는 쪽으로 흘러가고 있었습니다. 그러나 그 미래를 바꾸
　　었으므로 미래의 사건이 사라졌습니다. 이렇게 되면 천기가 바뀝
　　니다. 그러니 그들이 거짓을 말한 것은 아닙니다. 세 번째 넘치
　　는 것이 예고한 사건이 없게 되는 것입니다. 그러니 그가 내다본
　　시간에서 일어날 것이었던 것은 사라졌어요. 하지만 더 긴 오랜
　　시간 후의 사건들은 장담하지 못합니다. 사람들이 평화가 있기
　　를 바라야 하는 이유는, 사람들이 이런(우물 넘치는) 시도를 해서
　　는 안 되기 때문입니다. 우물 넘치는 것을 바라는 사람이 어쩌다
　　있을 수는 있으나, 그걸 무서워하고 싫어해서 얼마간 창조해 내
　　기도 합니다. 영체나 영혼의 창조력은 크지요. 그러나 현실계의
　　사람에게도, 혼령에게도 차이가 있을 뿐 창조력이 있다는 것을
　　알아야 합니다. 영격에 따라 창조력은 차이가 납니다. 사람 하나
　　하나의 에너지가 모이면 창조력은 당연히 더 큽니다.

독 : 말세(총체적 주기변화)에 대해서라면, 우리 인간들은 일종의 양가
　　감정을 가지고 있는 듯합니다. 뭔가 세상이 근본적으로 바뀌어

216

야만 한다고 생각하는 한편, 자신의 일상에서 일어나는 아주 작은 일들, 예를 들면 금전문제, 대인관계 등에도 막 이성을 잃기도 하니까요. 행성 전체의 관점에서 보면 참으로 극단적인 방법이며, 설령 그렇게 한다손 치더라도 근본적인 해결은 되지 않아 보입니다. 여기에는 이러한 우리 인간들의 이중성과 무지함을 존중하면서도, 적대적인 그 어떤 세력(?)의 견제를 염두에 두는 매우 복잡한 방정식이 있는 듯합니다. 무엇보다 날마다 헌신하고서도 헌신짝 취급 받는 이 어머니 지구의 영을 배려해야 하니…….
아, 그리고 미래는 미리 알게 되는 순간 '관찰자 효과'가 발생하여 그 미래는 바뀐다고 합니다. 오늘날의 양자 물리학에서도 주장하는 것처럼요.

올 : 진실을 알도록 해야겠지요. 어느 것이 거짓이고, 어느 것이 진실인지를 자신의 영혼이나 영체에게 인도해 달라고 청해야 해요. 그들이 거짓으로 인도하지는 않으니까요. 지구에 어머니 지구의 영은 없어요. 그러나 미래에는 그것과 비슷한 면이 있는 어떤 힘이 생기지요. 고정된 미래는 완전히 바뀌지 않아요. 시기 차이가 생기기는 할 수가 있지만요. 고정되지 않은 것을 예지하여 말했을 때 바뀌거나 다르게 변하는 경우는 있어요. 그것은 인간의 자유의지에 의한 선택 때문이거나 반발로 인한 선택에 의해 생기지요. 또 다르게, 사람이 예지했던 천기가 바뀌는 경우도 있지요. 그 사람보다 강한 힘이(바꿀 수 있는 권한과 힘을 가진 누가) 천기를 바꿀 경우이지요.

독 : 네, 도저히 변경할 수 없는 일종의 큰 틀은 있어 보입니다. 그런데 어머니 지구의 영은 없으며, 미래에는 그것과 비슷한 어떤 힘

(에너지)이 생긴다는 말씀은 잘 이해되지 않습니다.

올 : 현재는, 모든 별들에 적용되는 시스템이라고 할 수 있습니다. 지구에 환생한 사람들의 상위의식들 중에서 영체들의 조합이 그것을 1차로 수행합니다. 그 위에 또 다른 시스템이 있습니다.

독 : 도승도 남사고처럼 다른 별에서 온 사람인가요?

올 : 도승의 영혼은 지구에 속해 있습니다. 그의 영혼은 어떤 힘에 의해 선택되었고, 그래서 그 영혼이 그에게 알게 하여 그런 힘을 갖게 된 것입니다. 도승이 환생해도 그때의 능력을 갖지 못합니다.

37

아프리카 남단에서 사라진 땅

올 : 인도양 마다가스카르 섬이 속했으나 사라진 땅 이야기를 할 때
　　프린스에드워드 제도가 다른 큰 땅이었다고 하셨어요. 지도에서
　　이 땅을 표시해 주세요.

'영계의 사람'은 지도에서 땅을 표시했다. 동쪽으로는 마다가스카르
섬이 속했던 땅과 붙어 있고, 남은 남위 60도를 넘고, 북으로는 세인트
헬레나 섬이 포함되어 있으며 아프리카 남부가 속해 있고, 서쪽으로는
남아메리카와 붙어 있어 포클랜드 제도도 그 땅에 속해 있다.

올 : 아프리카 남단이 그 땅에 속해 있었으니 생존자가 얼마간 있었
　　을까요?
영 : 아니.
올 : 아프리카 남단이 그때는 산악지대라서 사람이 살지 못했었나요?
영 : 아니, 그때는 거기가 땅이 좋지 않았다.

올 : 어땠었는데요?

나는 사막을 생각했다.

영 : 사막이 아니다.

올 : 그럼, 어땠었는데요?

영 : 땅은 그냥 좋지 않았다.

올 : 기후 탓이었나요?

영 : 아니.

올 : 지구 흔들림 이전에 그 땅에 살던 사람은 어떤 피부색을 가졌었
　　나요?

영 : 그들은 피부가 검지 않다.

올 : 현재 사람으로 본다면 백인에 가까운가요?

영 : 아니, 그들과 황인 중간.

올 : 그랬군요. 그들이 살던 땅은 아프리카보다 조금 더 큰데, 그런 큰
　　땅에서 사람들이 전멸했다는 얘기네요.

영 : 그래.

올 : 문화와 과학은 어땠나요?

영 : 그들은 미개 아니다.

올 : 뛰어나진 않았군요?

영 : 그래. 그렇지만 떨어지지도 않았다.

나는 질문을 마쳤고, 우리는 마치는 말들을 했다.

2013. 3. 14.

38

북유럽 발트 해 유적의 비밀

북유럽 발트 해에 가라앉아 있는 유적은 어느 민족의 것일까? 지금까지의 해저유적들이 그렇듯이 이 유적도 지구 흔들림 때 무너진 땅에 있었던 것들이었을 것이다.

올 : 발트 해의 유적도 지구 흔들림 때 무너진 땅의 흔적인가요?

영 : 아니, 다르다.

올 : 질문이 잘못되었군요. 지구 흔들림 전의 땅에 있던 것인가요?

영 : 그래, 그렇다.

올 : 그곳에 살던 민족의 후손들은 현재 어디에 살고 있나요?

영 : 중국인의 소수민족.

지도에서 살펴보았더니 경도 90도, 위도 40도 정도였다.

2013. 3. 17.

39

술에 취한 연후에

영 : 사람들이 생각하는 것은 많은 사람들이 알고 있는 것과 다르다.
　　기억에서 지워진 부분을 생각해 내면 된다.

　술 마시고 기억이 없는 것과 관련하여 글을 쓰려고 하니, 그가 한 말
이었다.

올 : 기억이 지워진 것은 혼령체에서도 지워졌다는 것인가요?
영 : 아니.
올 : 그럼, 지워진 부분을 생각해 내는 것은 혼령체에 있는 걸 생각해
　　내면 된다는 뜻인가요?
영 : 아니.
올 : 의식에는 모든 기억이 다 있으니, 그걸 청해서 떠오르게 하는 걸
　　말하나요?
영 : 아니.

올 : 그렇다면 무엇을 말하나요?

영 : 현재 의식이 하는 게 아니다.

올 : 기억을 하는 것 말인가요?

영 : 아니.

올 : 기억을 못하게 하는 주체요?

영 : 그래.

올 : 무엇이 주체인가요?

나는 사람을 이루는 의식들을 써 보았다. 현재 의식, 혼령체, 혼령, 무의식, 잠재의식, 그러나 사람의 영계의 사람에 대해서는 쓰지 않았다. 그랬지만 그가 표시한 곳은, 써 놓은 것들의 위에 있는 빈 공간이었다.

올 : 영혼은 아닐 테고, 지구에 속한 영계의 사람이라면…… 영체겠군요?

영 : 아니.

올 : 영혼체인가요?

영 : 아니.

올 : 그럼, 남는 것은 영혼이잖아요.

나는 순간 사람을 이루는 것 중에서 '몸기'를 쓰지 않았다는 사실이 떠올랐다.

올 : 몸기요? 몸기는 영계의 사람 쪽은 아니지만…….

영 : 영혼.

올 : 그런 건 소소한 일에 속하는데(특별한 일 외에는) 어째서 영혼이 그런 일에 나서는 건가요?

영 : 그런 건 중요한 일이다.

올 : 기억을 못하게 하는 주체가 영혼이라고요?

영 : 아니.

올 : 주체가 누구인지 질문해 왔는데, 지금은 아니라고 하는 이유가 있나요?

영 : 기억을 못하게 하는 주체가 영혼은 아니다. 그렇지만 '주체가 아닌 것'을 바로잡는다.

올 : '주체가 아닌 것'의 안의 말을 알려 주세요.

영 : 영혼이 기억을 못하게 하는 것은 아니나, 기억을 못하는 것을 영혼이 해결한다.

올 : 좀 전에 '그런 건 중요한 일이다.'라고 하셨어요. 그것이 중요한 일이 되는 것은 기억이 없는 상태에서 어떤 사고를 치거나 사고를 당하는 경우 때문인가요?

영 : 그런 것도 이유가 있다.

올 : 또요?

영 : 사람이 일을 저지르고 기억하지 못하면, 나중에 심판에서 문제가 생긴다. 그래서 기억을 못하면 기억을 해내게 해야 한다.

올 : 역시, 사후심판 때문이기도 하군요?

영 : 그래. 그리고 그 사람의 안전을 위해서이기도 하다.

올 : 그 사람이 술로 인해 의식을 제대로 갖지 못하는 상황에서 제대로 가는 것은, 그 영혼이 영체에게 그렇게 하도록 해서인가요?

영 : 대체로 그렇다.

올 : 아닌 경우는요? 그 사람의 운명일 때인가요?

영 : 그래.

올 : 그리고 또 다른 경우도 있나요?

영 : 아니, 대체로 그렇다.

올 : 사후가 아닌 현생에서, 기억에서 술로 인해 지워진 부분을 생각해 내려면 영체에게 청해야 하는 건가요? 물론 들어주고 안 들어주고는 영체에게 달렸지만 말이죠.

영 : 그렇게 해도 된다. 하지만 영혼에게 해결해도 된다.

올 : 술로 인한 경우에는 혼령체의 단계에서 기억을 해낼 수 없나요?

영 : 하지만 그런 경우 거의 힘들다. 술로 인해 마비되었었기 때문이다.

올 : 술이 아닌 정신적인 충격에 의해서 기억이 일부 없는 경우도 있지요. 이런 것도 술로 인한 기억이 없는 것과 흡사한데요. 이때도 영혼이 운명에 따라서 그 사람을 안전하게 하도록 하는 건가요?

영 : 그래. 그러나 그 사람이 운명에 따라서 다치거나 사망하는 경우라면 그렇게 된다.

올 : 기억을 못하는 것은 술이나 충격 등에 의해서 일어나는 뇌의 작용인가요?

영 : 비슷하다. 그러나 뇌의 작용만은 아니다.

올 : 의식인가요?

영 : 비슷하다.

올 : 그럼 뇌의 작용 외의 것은 무엇인가요?

영 : 그래, 그것은 다르다. 그렇지만 다른 것은 또 있다.

올 : 또 있는 것은요?

영 : 그 사람이 기억하고 싶어 하지 않을 때 기억하지 않게 된다.

올 : 그렇더라도 지구에 속한 영계의 사람에게 있는 기억은 없어지지 않잖아요.

영 : 그래, 그렇게 된다.

올 : 취한 부분을 설명해 줄 때, 혼령체와 혼령이 취한 것은 아니라고 하셨어요. 현재 의식만 취했다는 얘기네요?

영 : 그래, 현재 의식만 취했다.

올 : 술을 마신 사람에게 취기가 있어 자신이 하는 행동과 말을 지켜보고 있는 것 같은 일이 벌어질 때, 그걸 지켜보고 있는 의식은 혼령체와 혼령이고 보이는 쪽은 현재 의식이지요?

영 : 그래, 그렇게 된다.

올 : 그럴 경우 나누어진 의식임에도 불구하고 둘 다 자기 같은 느낌도 드는 거고요?

영 : 그래.

올 : 같은 기의 에너지와 같은 몸의 에너지가 있어서인가요?

영 : 그래, 그렇게 된다.

올 : 그래서 혼령도 '자기 혼령'일 때는 잠깐 무서움을 느끼고는 곧 친근함을 느끼는 것이겠지요?

여기에서 내가 말한 '자기 혼령'은 '자기 귀신'을 말한 것이었다. 귀신이지만 살아 있는 사람에게 생기는 에너지체, 살아 있는 사람에게 있는 혼령부분과는 다르다. 자기 귀신이 생기면, 그 육체에는 혼령부분과 자기 귀신이 같이 있게 된다.

영 : 그래, 그것도 그렇다.

올 : 그런데, 말을 하는 걸 들을 때만 있는 게 아니라, 몸을 지켜보는 것 같은 때가 있어요. 그런 것은 왜일까요?

영 : 그런 건 아무나 일어나는 게 아니다.

올 : 영적인 일로 일어나는 경우는 당연히 그럴 수 있지요. 그러나 그런 것이 아닌, 술이나 정신적인 충격에 의해 그런 경우라면 왜 그럴까요?

영 : 몸을 지켜보는 것은, 이런 경우에 해당한다.
   '<u>사람이 치우쳐서 살게 되면</u>' 그런 일이 일어난다.

올 : 여기서, 사람이 치우친다는 것은 무엇인가요?

영 : 의식이 분리될 때 그 사람의 의식이 한쪽으로 쏠린다.

올 : 쏠려서 한쪽이 육체 밖 몸기의 크기까지 밀쳐지는 건가요?

영 : 아니.

올 : 몸기의 크기보다 더 밀쳐지나요?

영 : 비슷하다.

올 : 그래서 육체를 볼 수 있군요?

영 : 그래. 그러나 온전하게 볼 수는 없다.

올 : 영체가 관여한 의식일부이동과는 확실히 차이가 있군요.

영 : 그래. 그런 것과는 다르다.

올 : 알겠어요. 이것(혼령체와 혼령)이 집에 가고 말한다는 것도 알려주셨어요.

영 : 그래.

올 : 취했다고 생각하는 부분은 현재 의식이고, 술 취한 반응을 느끼는 것도 이 부분(현재 의식)이라고 하셨고요.

영 : 그래, 그렇게 했다.

올 : 알겠어요.

나는 질문을 마치기로 했고, 우리는 마치는 말들을 했다.

2013. 3. 17.

(이 글은 독자의 질문에 의해 쓰였습니다.)

40

지구 흔들림 때, 뉴질랜드와 호주는

올 : 지구 흔들림 전에 있었던 이곳(뉴질랜드가 속했던) 땅을 표시해 주
겠어요?

'영계의 사람'이 지도에서 표시해 준 땅은 호주와 뉴질랜드가 한 땅이
었다. 그 땅은 현재의 캐나다와 미국을 합친 땅과 크기가 비슷한 대륙이
었고, 이미 표시된 주변의 다른 땅들과 붙어 있게 선이 그어져 있으니
원래 붙어 있던 땅이었다. 뉴기니 섬의 반쪽도 이 땅에 속해 있고 솔로
몬제도, 뉴칼레도니아 섬도 이 땅 안에 있었다.

올 : 이 땅에 있던 민족은 여럿이었나요?
영 : 아니.
올 : 몇이었지요?
영 : 하나.
그는 호주와 그 주변의 바다에 원을 그렸다. 뉴질랜드는 제외하고.

올 : 뉴질랜드에는 사람이 살지 못했다고요?

영 : 그래.

올 : 산악지대였나요?

영 : 그래.

올 : 그랬군요. 호주라는 큰 땅이 남았으니 생존자는 많았을까요?

영 : 아니.

올 : 역시 거기도 높아서인가요?

영 : 아니. 그래도 거기는 많이 있다.

올 : 그랬군요. 생존자는 어느 정도였나요?

영 : 대충, 여러 명.

올 : 어째 소수인 것 같은데요?

    나는 뉴질랜드로 피신한 사람과 호주에서의 생존자를 알려 했으나, 그는 뉴질랜드 땅에서는 생존자가 없었다고 했다.

올 : 호주에서만 생존자가 있던 건가요?

영 : 아니, 모두 몰살.

올 : 뉴기니 섬에서도 그렇군요.

영 : 그래.

올 : '대충, 여러 명'은 10명 안쪽인가요?

영 : 그래. 10명 안 됐다.

올 : 어떻게 산 것인가요?

영 : 그들은 다른 곳에 있었다.

올 : 사건이 있기 전에 나갔던 것이로군요?

영 : 그래.

올 : 배에 있었나요?

영 : 아니, 꼭대기 산에 있었다.

올 : 울룰루 바위산에 있었나요?

영 : 그래.

올 : 등산이요?

영 : 아니.

올 : 징벌로 쫓겨났어요?

영 : 아니.

올 : 사냥?

영 : 비슷하다. 무언가를 수확하러 갔다.

올 : 그들 외엔 모두 몰살당했단 얘기네요? 살아남은 그들은 호주 땅
    에서 살아내려 왔나요? 이어진 대륙도 다 무너졌으니까, 나가기
    도 어려울 테니…….

영 : 그래. 그들은 그렇게 살아야 했다.

올 : 다른 땅에서는 불안감에 이동들을 했었어요. 여기는 갈 데가 없
    어서였을까요? 그래도 남은 땅이 있어서였을까요?

영 : 그들은 그 큰 바위가 있어 안전하다고 생각했다.

올 : 여차하면 그 바위로 또 도망가려 했군요?

영 : 그래, 그랬을 수도 있다.

올 : 그 바위는 그들과 그들 후손에게 수호처 같은 것일 수도 있었겠
    네요.

영 : 그랬을 수 있다.

올 : 원래의 인구는 얼마 정도였을까요? 50만 명? 40만 명?

영 : 50만 명, 이보다 적다.

올 : 이 땅에서만도 한순간에 50만 명 가까운 사람이 사망했으니……. 정말 참혹하네요. 호주 원주민이 그들의 후손이겠지요?

영 : 아니, 그 이전에 또 있었다.

올 : 호주 원주민 이전에 있던 민족이 생존자의 후손이라고요?

영 : 그래.

올 : 그랬군요. 생존자들은 어떤 피부색에 속했나요?

영 : 흰 피부였다.

올 : 골격도 크고요? 현재의 백인처럼 말이에요.

영 : 아니, 그들보다 약했다.

올 : 그들의 유전자가 내려와 호주에 남아 있나요?

영 : 아니.

올 : 뉴질랜드는요?

영 : 아니.

올 : 다른 곳으로 이주했나요?

영 : 다른 곳이 아냐. 사망했어.

올 : 다른 이유로 또 몰살당한 건가요?

영 : 아니, 때가 되어 죽었다.

올 : '그들의 유전자가 내려와'는 대를 이어 내려온 것을 질문한 거였어요. 하지만 때가 되어 죽었다고 하시니……. 그렇다면 '때가 되어'는 생존자의 때를 말하나요, 아니면 대를 이어 내려와 어느 이유로 어느 때가 되어 '죽었다'가 되는 것인가요?

그는 전에, 실험 등을 이유로 생명 있는 것을 이종교배하면 대를 이었어도 없어지게 되는 것이 우주의 법칙이라는 뜻으로 말했었다.

영 : 그건 '대를 이어 내려와'에 해당한다.

올 : 어떤 이유로 때가 된 건가요?

영 : 그들은 여자가 아니었다.

올 : 생존자가 모두 남자였어요?

영 : 아니, 여자도 있었다.

올 : 계속 대를 잇기가 어렵게 되어 후손이 없게 된 것인가요?

영 : 그래.

올 : 한 여자가 출산할 수 있는 한도가 있어서인가요?

영 : 그래.

올 : 출산할 수 있는 여자가 적어서 결국은 대가 끊긴 건가요?

영 : 그래.

올 : 그랬군요. 원주민으로 알려진 사람들은 어떻게 살게 된 것인가요?

영 : 그들은 다른 곳에서 왔다.

올 : 그들도 다른 사람들이 그랬듯이 지구 흔들림으로 불안한 땅에서
    벗어나기 위해 온 것인가요?

영 : 그들의 오랜 후의 후손들이다.

올 : 하지만 많은 민족들이 800여 년의 시간을 들여 이동하며 정착했
    다고 하니까요.

영 : 하지만 그들보다 더 오랜 후이다.

올 : 알겠어요. 어디서 온 민족인가요?

아프리카의 북부와 중부를 그가 표시했다.

올 : 지구 흔들림 이전에는 어디 있던 사람들이 그들 조상인가요?

그가 표시한 곳은 남미 브라질과 볼리비아였다.

나는 질문을 마치기로 했고, 우리는 마치는 말들을 했다.

2013 . 3 . 21 .

41

타히티 섬이 예전에는

올 : 남태평양 중부에 있는 타히티 섬이 지구 흔들림 때 남겨져 섬이
　　되었나요, 아니면 이전에도 섬이었나요?

영 : 이건(타히티 섬) 아니다.

올 : 역시 지구 흔들림 때 남겨져 섬이 된 건가요?

영 : 그래. 그 주변에 땅(섬들)도 다 그렇게(섬이) 되었다.

올 : 있었던 땅을 표시해 주겠어요?

　그는 땅을 표시해 주었는데, 아프리카의 크기와 비슷했다. 타히티 섬
과 그 북서쪽에 있는 보라보라 섬도 포함되어 있었다. 남쪽으로는 남위
60도에 가깝고, 서로는 옆의 땅과 붙어 있었고, 북으로는 이미 찾은 두
개의 땅과 붙어 있고, 동으로는 또 다른 땅과 붙어 있었다.

　나는 얼마 전, 지도에서 태평양 동남부를 보면서 땅이 또 있는지를 질
문했었는데, 아니라는 말을 들었다. 그래서 그때 그 질문이 지구 흔
들림 이전이나 이후를 명확히 하지 않아서 그랬느냐고 했더니, 그는 그

때 내 시선과는 질문이 달랐음을 상기시켜 주는 말을 했다. "너는 태평양 동부를 질문했고, 그건 이미 말했었다."

올 : 이 땅에 살던 사람들은 생존자가 없었을 것 같네요.

영 : 아니, 생존자가 있다.

올 : 작은 섬들뿐이고 그것들은 산악지대였을 텐데요? 배를 타고 도망치기에는 근처의 바다도 안전하지 못했었을 것 같고요. 어떻게 살아난 걸까요?

영 : 하지만 그들은 몇이 도망쳤다.

올 : 대여섯 명이요?

영 : 이것보다 작다.

올 : 몇인데요?

영 : 둘.

올 : 같은 성별인가요?

영 : 아니.

올 : 남녀네요. 그들이 어떤 사이였는지 질문해도 될까요?

영 : 질문해도 된다.

올 : 어떤 사이였나요?

영 : 그들은 그냥 부녀였다.

올 : 그랬군요. 요행히 피했네요. 땅이 무너지기 전에 다른 곳으로 갔었던 것인가요?

영 : 아니, 그들은 배를 타고 도망쳤다.

올 : 단 둘이니 민족을 유지할 수는 없었겠군요. 그들은 어디로 가서 정착했나요?

그가 가리킨 곳은 아프리카 남부인 앙골라 남부, 잠비아 남부서부터 남아프리카 공화국까지의 땅이었다.

올 : 남아프리카 공화국만인가요?

내가 생각하기에 두 사람이 정착하기 위해 돌아다닌 땅으로는 너무 크기에 그렇게 질문했다.

영 : 그들은 여기에 돌아다녔다.
올 : 서쪽으로 갔다면 부녀 둘이서 가기에는 너무 먼 행로군요. 혹시 동으로 갔나요?
영 : 그들은 여기에(현재의 브라질)에 있다가 여기(아프리카 남단에서 사라진 땅)에, 여기(아프리카 남부)로 갔다. 그땐, 여기(아프리카 남단에서 사라진 땅)는 땅이 있었다.
올 : 여기(타히티가 속했던 땅 오른쪽)도 땅이 그때(타히티가 속했던 땅이 무너질 때) 있었나요?

타히티가 속했던 땅 오른쪽은 현재의 바다로, 그땐 현재의 남미 땅이 거기까지 있어서 붙어 있었다고 한다.

영 : 여긴(남미 왼쪽이었던 땅) 여기(타히티가 속했던 땅)가 무너질 때 같이 무너졌다.
올 : 그들은 어떤 피부색을 지녔었나요?
영 : 흑인보다 밝은 색의 피부이다.

올 : 황인종은 아니고요?

영 : 그래.

올 : 지도상으로 보면 태평양과 인도양은 거의 땅으로 빼곡하네요.

작은 지도라서 그렇게 보이지만, 바다가 있었을 공간들도 군데군데 보였다.

영 : 그건 네 생각이다.

올 : 네, 다음 언제 대서양에서 사라진 땅들과 그 사람들에 대해서 알려 주겠어요?

영 : 그래.

나는 질문을 마쳤고, 우리는 서로에게 마치는 말들을 나누었다.

2013. 3. 24.

〈독자와의 대화〉

독 : 지구의 인간 중에 수명이 제일 오래 산 사람은 몇 살이나 살았나요? 인간이 살면 몇 살까지 살 수 있나가 궁금해지네요.

올 : 두 종류의 수명이 있었습니다.

　　1. 230여 세 - 오래전에 살았으나 특별한 경우로, 그의 영혼은 지구에 속하지 않았습니다. 의학이나 과학의 힘으로가 아니

고요.

2. 150여 세 – 일반적인 경우로, 오래 산 지구인입니다. 수명이
   그보다 더 많은 몇 백 년이라고 사람들은 부풀려 적어 내려오
   기도 하지만, 실제는 아닙니다.

42

보라보라 섬은 어떻게 만들어졌나

　바닷속 화산폭발로 섬들이 생겨났다는 것이 일반적인 견해이지만, 많은 화산섬이 원래부터 섬이 아니라 땅의 일부였던 화산이 지구 흔들림 때 섬이 된 것이다. 남태평양 타히티 섬의 북서쪽에 있는 보라보라 섬은 어떤 경우일까?

　그것에 대해 질문하는 내게 '영계의 사람'은, 바닷속에서 마그마가 솟아올라 섬이 되었다고 알려 주었다.

　올 : '타히티 섬의 사람들이 볼 때 보라보라 섬은 솟아났다.'라고 하셨는데, 그것은 타히티 섬 사람들이 실제로 본 사건인가요, 아니면 그 사람들이 생각하는 것으로는 그렇다는 것인가요?

　영 : 그 사람들이 볼 때 그렇게 생각한다는 것.

　올 : 타히티어로 '보라보라'는 '어둠 속에서 솟아났다'라는 뜻이라네요. 그래서 그들이 실제로 목격한 것일까 하고 생각하기도 했었지요. 지구 흔들림 때 타히티에서 생존자는 없었고 나중에 유입

되었겠지요. 그들이 유입되기 전에 섬('보라보라'로 불릴 섬)이 생긴 것인가요?

영 : 아니.

올 : 그럼 타히티 섬에 사람이 살게 된 이후에요?

영 : 여기(타히티 섬)에 사람이 아냐.

올 : 어떻게 된 것인데요?

영 : 지구 흔들림 이후에 보라보라 섬이 생겼다. 그리고 타히티 섬에는 사람이 있지 않았다.

올 : 그렇군요. 많은 것이 무너져서 여행수단이 좋지 않았을 시기인데 마그마가 솟는 것을 어떻게 누가 본 것인가요?

영 : 타히티 근처에 지나가던 배가 그것을 보았다.

올 : 연관된 사람이 나중 타히티 섬에 살게 된 건가요?

영 : 아니.

올 : 타히티 섬에 살게 된 사람은 어디에서 왔나요?

그가 표시한 곳은 인도(인도 남부 제외)와 그 주변이다.

올 : 그곳에 있던 사람들은 지구 흔들림 이후 마야 잉카인들처럼 긴 여정에 올라 다른 곳으로 이주했는데요. 그들이 떠난 후 현재의 인도인 등이 오기 전에 있던 사람들인가요?

영 : 아니.

올 : 그럼, 거기(인도 등지)에 있다가 떠나 다른 곳에 정착한 사람들 중의 일부인가요?

영 : 그래.

그는 남미에 표시를 했다.

올 : 이 중에서 일부만 온 거라고요?

영 : 그래, 일부만 왔다.

올 : 사는 곳이 달라서 외모에 차이가 나게 된 건가요? 한 민족이었
    는데…….

영 : 그래. 그렇게 차이가 나게 됐다. 그러나 그것 때문만은 아니다.

올 : 유입된 다른 민족들과의 혼인 때문인가요? 양쪽 다?

영 : 그래. 유입된 사람들로 그렇게 되었다.

    그래서 양쪽 다 모두 다른 사람이 되었다.

올 : 지구인과, 지구인 이전 별 사람들의 현재와 비슷한 경우네요.

영 : 그래, 지구와 그 별 사람들이 다 그렇다.

    지구와 그 별 모든 사람이 다 그렇다.

    지구와 그 별 사람만 그런 게 아니라 모든 별 사람이 다 그렇게
    되어 있다.

올 : 그렇군요.

나는 질문을 마쳤고, 우리는 마치는 말들을 했다.

2013. 3. 26.

〈독자와의 대화〉

독 : 인간이 지구에 오기 전에 다른 별로 간 인간들은 영적 깨달음을 얻어서 평화롭게 살고 과학도 발달했다고 했습니다. 어느 여인이 지구에 다녀갔다고도 했고요. 다른 별로 간 인간들은 지금 지구와 같은 영어, 한국어, 중국어, 일본어, 프랑스어, 스페인어를 쓰는지요? 우주의 어느 별에 있는 사람이 한국말을 한다면 신기하겠네요.

올 : 다른 별로 간 인간들은 지구에서 사용하는 언어를 사용하기는 하지만, 지구의 말과는 다릅니다. 다만 지구의 말의 원형과 비슷합니다. 그리고 한국말의 원형이 그 별에서는 아주 많이 쓰입니다. 지구에서 영어를 쓰는 것보다 더 많이 쓰입니다. 다른 별 사람이 한국말을 한다고 해도 서로 통하려면 과학의 힘을 빌려야 할 것입니다. 많이 달라졌으니까요.

43

영계의 사람이 지구인에게 하는 이야기

올 : 무언가 빠트리고, 질문하지 못한 것들도 있을까 우려하여 당신
　　의 말을 청하게 되었어요. 이런 것은 독자의 질문에 들어 있기도
　　하지만요. 지구인과, 지구에 살지만 다른 별에 속한 영계의 사
　　람이 환생의 절차를 밟아 지구에 살고 있는 사람들에게 이야기
　　를 해주겠어요?

영 : 할 수 있다.

올 : 받아쓸 준비가 되어 있어요. 말씀하세요.

영 : 지구인에게 말한다. 그렇지만 이것은 지구인만이 아닌, 다른 별
　　에서 이곳에 환생한 사람들에게도 말한다. 지구인들은 이곳에 있
　　으나 다른 사람들은 다른 곳에 있다.

올 : 다른 사람들이 누군지는 알겠어요. 다른 곳에 있다는 것은 속하
　　는 것을 말하는 것이겠지요?

영 : 그래.

올 : 오늘의 주제가 다른 글들과는 종류가 달라서 시작할 때 나의 조

절을 다르게 했어요. 그러니 질문을 잘 해내지 못하더라도 그냥 이야기를 해주겠어요?

영 : 그래, 그럴 수 있다.

올 : 말씀하세요.

영 : 사람이 속하는 곳은 그 사람이 있는 곳이 아니라 그 사람의 영계의 사람, 그것은 영혼체, 영체, 영혼이 있는 곳이 원래 속한 곳이다. 그래서 사람은 다르게 살아야 한다.

올 : 다르게 산다는 것은 두 종류의 사람이 다르게 살아야 한다는 뜻이겠지요?

영 : 그래. 그래서 사람들은 다르게 살아야 한다. 지구에 속한 사람은 '이렇게' 살아야 한다.

올 : '이렇게'의 안의 말을 들려주세요.

영 : 지구에 속한 사람에 대해서는 지금까지 많은 것을 말해 왔다. 그러니 그렇게 살아야 한다. 그리고 더 덧붙이자면 '이렇게' 해야 한다.

올 : '이렇게'를 알려 주세요.

영 : 지구인들은 말해야 한다.
　　사람들에게 살아야 하는 방법을 알려야 한다.

올 : 살아야 하는 방법을 더 설명하면요?

영 : 그건 이미 책에 있다.

올 : 네.

영 : 그래서 사람들이 깨닫게 해야 지구에 평화가 온다. 그래야 지구에 사는 사람들이 나아지고 변화한다. 그리고 지구에 속하지 않으면서 지구에 살게 된 사람은 '이렇게' 해야 한다.

올 : ‘이렇게’의 안의 말을 알려 주세요.

영 : 그것은 설명하면 된다.

올 : 네.

영 : 이 사람들은 이렇게 살아야 한다.

올 : 그들이 어떻게 살아야 하는지요?

영 : 그들은 지구에 속하지 않으니, 다른 곳에 돌아가야 한다.

올 : 그들의 현실계 삶의 사후가 되겠지요?

영 : 그래. 그러나 그들의 사후가 아니라 현실계 삶을 말하고 있다.

올 : 네.

영 : 그들은 지구에 속하지 않으니 돌아가야 한다.

　　그러니 현재의 삶을 다음의 삶과 ‘연결해야 한다’.

올 : ‘연결해야 한다’를 알려 주세요.

영 : 그것은 설명할 수 있다.

　　삶에 일어나는 많은 것 등은 다음 생의 것과 연결되어 있다.

올 : 네. ‘현재의 삶을 다음의 삶과 연결해야 한다.’까지 하셨어요. 그
　　다음은요?

영 : 그러니 지구에 있지 말고 다음의 삶으로 가서, 자기 별로 갈 것
　　이라고 함부로 해서는 안 된다. 사람들이 이곳에 온 이유는 ‘이
　　러하다’.

올 : ‘이러하다’의 안의 말을 알려 주세요.

영 : 다른 별에 환생할 때는 자신보다 낮은 별과 높은 별을 선택할 수
　　있다. 자신보다 높은 별을 선택할 때는 ‘이렇게’ 된다.

올 : ‘이렇게’의 안의 말은요?

영 : 그것은 설명할 수 있다. ‘사람들이’ 힘들어 한다.

올 : 여기서 '사람들이'는 환생되어 간 별의 사람들이겠지요?

영 : 그래.

올 : '이렇게'의 안에 다른 말도 있나요?

영 : 아니. 자신보다 낮은 별을 선택할 때는 '<u>이렇게</u>' 된다.

올 : '이렇게'의 안의 말은요?

영 : 그건 그 사람이 힘들다.

　　또 다른 이유는 이것이다.

그는 '이러하다'의 안의 또 다른 말을 설명하였다.

영 : 사람이 환생하는 이유는, 사람이 많은 것을 깨달아야 하기 때문이다.

　　그것은 지구나 다른 별이나 같다.

　　그래서 같은 별에 환생하기도 하고, 다른 별에 환생하기도 한다.

올 : 그것을 정하는 것은 스스로 정할 때가 있고, 자신보다 위에서 알림이 와서 가게 되나요?

영 : 아니.

올 : 무엇인가요?

영 : 사람이 정하는 것이다.

올 : 자신의 별에서 환생하는 것이야 그렇지만, 다른 별로의 환생이요.

영 : 그것도 스스로다.

올 : 왜 그런 결정을 하나요?

영 : 그것은 더 많은 기회를 갖기 위해서다.

올 : 기회도 되겠지만 위험도 있는데요? 높은 곳으로든 낮은 곳으로

든지요.

영 : 그래도 그렇게 결정하는 것은 스스로의 결정이다.

올 : 지금 얘기는, 이제까지 지구에 보내진 사람들은 제외한 것이지요?

영 : 그래.

올 : 알겠어요. 혹시 '이러하다'의 안에 또 다른 말이 있나요?

영 : 아니.

올 : 다음 말을 들을게요.

영 : 그러니 스스로, 돌아가야 한다는 생각을 갖고 있어야 한다.

올 : 영체가 알게 하였다면 자신이 다른 별 사람인 것을 알겠지요. 그
러나 아직 알릴 때가 되지 않아서 알지 못하는 경우가 있지요.
이 경우도 걱정할 것은 없다고 생각해요. 문제는 낮은 별에서 온
사람들이에요. 그 영체가 그런 것을 알리지 않을 것 같은데요?

영 : 그것은 대개 그렇다.

올 : 그런 경우의 사람들은 어찌 하나요?

영 : 그것은 영체가 할 일이다.

올 : 네, 알겠어요. 다음을 들어도 될까요?

영 : 그래.

그러니 영체들은 이 글을 읽거든 들어야 한다.

그러나 이 글은 사람들이 이미 알게 했다.

사람들에게 알려야 한다는 것과, 돌아가야 한다는 것을 깨달아
야 한다.

올 : 알려 주어서 고마워요. 얘기 마쳐도 될까요?

영 : 그럼 얘기 마쳐도 된다.

2013. 3. 28.

(이 글은 독자의 질문에 의해서 쓰였습니다.)

※자신이 다른 별에서 왔다고 생각하고 말하지만, 그렇지 않은 경우도 있습니다. 자기 귀신이 들리거나 빙의일 때 그런 일이 생기기도 합니다. 그러니 잘 판별해야 합니다.

〈독자와의 대화〉

독 : 영격이 낮거나 높은 별에 환생하면 힘든 이유에 대해서 설명을 더 부탁합니다.

올 : 영격이 아주 낮은 별의 사람은 동물과 비슷한 상태인 것도 있습니다. 그들의 영계의 사람이 그런 형상은 아니나, 그 영계의 사람도 영적진화가 그만큼 덜 되어 있는 상태입니다. 그런 사람이 지구에 환생했다고 생각해 보세요. 거친 동물이 인간의 탈만 쓴 상태일 수도 있습니다. 환생을 통해 사람의 형상을 가지니 교육을 시키면 된다고 생각할 수 있으나 그렇지 않은 일도 있습니다. 왜냐하면 사람의 내면이 제대로 성장하지 않았기 때문입니다. 이 음줄을 통해 영계의 사람이 하는 작용이 지구인과 다릅니다. 영감이라고 하는 부분이 있지요? 그런 것도 영계의 사람이 하는 것입니다. 지구에 있는 사람들의 영체에게 말을 걸어 보아도 영격에 따라 그 반응이 모두 다릅니다. 자신의 사람에게 너무 무신경하다 싶은 영체도 있지요. 이는 영격이 낮은 쪽이지요. 영격이

아주 낮아, 거친 동물이 사람 탈을 쓴 것 같은 사람들이 지구에 많이 환생하면 어떻게 될까요? 영격이 높은 별 사람이 낮은 별에 환생할 때는 나름대로 고충이 많습니다. 그건 반대로 생각하면 짐작이 되는 면도 있을 겁니다. 이해를 쉽게 하기 위해 여기에서는 아주 낮은 별의 사람을 예로 들었지만, 늘 아주 낮은 별의 사람이 환생해 온 것은 아닙니다.

독 : 다른 별로 간 인간들은 영적깨달음을 얻었는데 지구인은 그렇지 못하다면, 그 별의 환경이 영적진화에 많은 영향을 끼치는 것으로 보아도 되나요?

올 : 이런 차이가 있습니다. 다른 별로 간 사람들은 영격이 지구 최초 인류와 같고 과학이 지구인류와 같이 발달한 사람들이었습니다. 여기까지는 두 별이 같습니다. 그들이 처음 간 별은 힘들어서 다른 별로 갔습니다. 거기서는 지구보다 환경이 나았습니다. 그들은 자기 별에 속한 영계의 사람들이 거의 이어 내려온 편이라고 볼 수 있지만, 지구는 그렇지 못했습니다. 그래서 그 문제에서 두 별의 차이가 더 크게 난 것입니다. 그 별에서 사망한 사람은 지구로 오지 않고 자기 별에서 다시 환생하니까요. 별의 환경이 영적진화에 영향을 끼치지만, 많은 영향이라고 볼 수는 없습니다. 삶의 환경이 영향을 끼치고, 영계의 사람이 큰 영향을 끼칩니다.

독 : 지구 인간들의 영격을 여러 단계로 나눠서 그 비율이 어떠한지 말해 줄 수 있나요?

올 : 지구 인간들이라고 정의할 수 없습니다. 지구인과, 환생의 절차를 밟아 태어난 다른 별 사람이 같이 살고 있다고 볼 수 있으니까요. 영격이 더 높은 다른 별 사람이 돌아가지 않고 지구에 속하기

로 한다면 지구에 더 좋은 일입니다. 그러나 영격이 낮은 사람이 지구인이 되기로 하고 다시 지구에 환생하면 전체의 평균 영격을 낮추는 것이 되겠지요. 영격이 낮은 사람이 많이 태어나면, 여러 면에서 퇴보가 옵니다. 영격이 아주 많이 낮은 사람이 많이 태어나면 그건……. 그래서 영계의 사람이 글에서 그런 식의 말을 한 것입니다. 다른 별에서 온 사람들이 지구에서 함부로 하지 말고, 돌아가라고(물론 사망 후에). 그리고 또 더 이유가 있지만, 그것은 나중에 글로 쓰게 될 것입니다. 지구에 태어나 있는 사람들의 영격은 다양하고 어수선합니다.

독 : 지구에 태어난 사람들의 영격이 다양하면 영적깨달음을 얻는 것이 좀 수월하나요? 아무래도 다양한 경험을 하게 되니까요.

올 : 힘듭니다. 힘든 만큼 그것을 견뎌 내고 이루면 그만큼 혜택이 생깁니다. 그래서 낮은 별로의 환생에 위험성이 있다고 한 것입니다. 지구에 있는 사람들의 영격이 다양하여 어수선한 것은 좋지 않습니다. 지구 전체가 퇴보할 위험이 있기 때문입니다. 그리고 낮은 층의 영계의 사람들이 지구에 와서 후손을 낳는 것은 또 다른 위험성을 끌어낼 수 있습니다.

독 : 죽었던 사람들이 다시 살아나는 임사체험을 한 사람들이 공통적으로 본 것들이 비슷하더군요. 이들이 본 것들은 저승영계가 아니고 혼령계이겠지요. 왜 이러한 임사체험이 일어나는 것일까요?

올 : 임사체험은 대체로 그 영계의 사람의 결정입니다. 그것은 현실계 사람의 입장에서 본다면 크나큰 혜택이기도 합니다. 왜냐하면 삶을 다르게 살아갈 기회를 주기 때문입니다. 다르게 살면서

얻어진 것으로 사후의 삶과 후생의 삶이 변화할 수 있습니다. 그러나 그런 기회를 주는 결정을 하는 것이 흔한 일은 아닙니다. 어쨌든 그것을 자신만이 알고 있는 것이 아니라 알려서 다른 사람도 깨닫고 삶을 변화시킨다면 옳은 일을 하는 것이 되고, 그것은 자신의 미래(현생, 사후 삶, 후생)와 다른 사람의 미래를 바꿀 수도 있습니다. 짐작한 것처럼, 임사체험자들이 본 것은 혼령계입니다. 그러나 일반적인 혼령계는 아니고, 또 다른 혼령계입니다.

독 : 영체와의 이음줄이 끊어졌다가 다시 붙을 수도 있을까요?

올 : 영체와의 이음줄이 끊어진 것은 복원되지 않습니다. 그러니 임사체험 때는 그들의 이음줄은 그대로 있고, 육체의 죽음만 얼마간 있게 됩니다.

독 : 가끔 자기가 죽을 때를 아는 사람들이 있습니다. 어찌해서 알까요?

올 : 자신이 죽을 때를 알게 되는 것은 그 사람의 능력으로 그런 경우와 아닌 경우가 있습니다. 아닌 경우는 그 영혼이나 영체가 알게 하는 경우입니다. 그렇게 해서 마음의 준비를 하게 하려는 배려이기도 합니다. 그것 외에 또 다른 이유가 있는데, 그것은 죽음의 과정이 진행되고 있어서 혼령체와 혼령이 알게 되어 현재의식도 이를 알게 되기 때문입니다. 죽음이 일어나는 것이 갑자기 일어나는 것도 있지만, 기간이 긴 것도 있습니다. 죽음이 일어나는 것에 대해서는, 몸이 일어나는 것이라고 하기도 합니다.

독 : 인간에게 허락한 자유의지는 환생할 때 정해진 생명을 단축시키는 일들을 많이 할 것이라 생각합니다. 대부분의 사람들이 정해진 생명을 사나요? 대부분이 정해진 수명을 다 살지 못할 거라

생각이 됩니다.

올 : 허락된 자유의지로, 정해진 생명을 단축시키는 것을 할 수 없습니다. 생명에는 그것이 적용되지 않아요. 모든 사람들은 자신의 영계의 사람이 정한 대로의 수명과 사망의 방법을 그대로 행하게 됩니다. 하지만 그것을 따르지 않는 사람들이 있는데, 그것이 바로 자살입니다. 자기살해는 자유의지가 해당되지 않으므로 사후에 고통을 겪는 것입니다.

독 : 영혼은 현생의 사람에 삶에는 관심이 없다고 하셨습니다. 영혼이 현생의 삶이 잘못되기를 바라지 않지만 도움을 줄 수 없는 부분도 있겠고요. 현생의 나와 영혼은 어떠한 관계인가를 생각해보게 하네요.

올 : 영혼이 하는 역할과 영체의 역할이 따로 있습니다. 영혼뿐만 아니라 영체도 자기 사람의 일에 대해 지정해 놓은 것대로와 스스로 결정하는 대로 사는 것을 지켜보기만 하기도 합니다. 그래서 낮은 영격의 사람이 더 위험한 것입니다. 양심을 가동시키거나 영감을 발휘해서 제동하지 않고 그냥 두니까요. 영혼이 현생의 사람에 대해 관심이 없는 것은 역할이 따로 있어서 그런 일들을 영체가 맡아 하기 때문이기도 하지만, 이루고 있는 무언가가 다릅니다. 명상 등을 통해 사람이 의식수준이 올라가면 현생의 살고 죽는 것 등이 하잘것없어집니다. 그런 것에서 힌트를 얻을 수 있을 겁니다. 그러나 현실계 사람은 물질계 삶이기 때문에 그런 명상 상태만 유지하고 살 수는 없습니다.

독 : 글을 읽다 보니, 제 자신이 조금은 변했습니다. 예전에는 좋은 삶을 사는 사람들이 부러웠는데, 지금은 그러한 것들이 덜합니다.

44

아틀란티스 대륙이 대서양에 있었을까

올 : 대서양에 가라앉은 땅을 표시해 주겠어요?

그가 표시한 땅은 대서양의 북부와 중부를 다 차지한 큰 대륙으로, 섬이라고 볼 수는 없는 땅이었다. 표시에서는 아프리카 서부와 유럽의 서부가 바다로 있으나 이것도 바다는 아니었다고 했다. 미국의 세인트존스도 이 땅에 속해 있었다.

올 : 그 땅의 북서쪽 캐나다와 미국 사이는 바다였나요?
영 : 아니.
올 : 그럼, 바다와 접한 부분은 북쪽만 있었던 건가요?
영 : 아니.
올 : 그렇다면 어땠었는데요?
영 : 북쪽 그리고 남쪽 그리고 여러 군데 있었다.
올 : 멕시코 근처의 다른 땅을 설명할 때 버뮤다 삼각지대는 바다였다

고 하셨어요. 하지만 지금은 그곳이 들어 있는 것 같네요. 멕시코 쪽 땅보다 이것(대서양에 가라앉은 땅)이 더 먼저 무너져서 바다였다고 한 것인가요?

영 : 그래. 그땐 그랬다.

올 : 지구 흔들림 때의 버뮤다에 대해 조금 더 설명해 주겠어요?

영 : 버뮤다는, 그때는 그렇게 부르지 않았다.

　　그래서 그때는 그런 것이 없었다.

　　하지만 그런 것은 나중에 만들어졌다.

올 : 가라앉는 것에서, 그 왼쪽 옆의 땅과 어떤 차이가 있었나요?

영 : 버뮤다가 속한 땅에서는 미국에 속한 땅과 많은 차이를 보이고 있었다. 왼쪽보다 오른쪽은 더 빨리 가라앉았다.

올 : 날짜가 많이 차이 났었나요?

영 : 아니, 여러 날 차이가 있었다.

올 : 그랬군요. 전설에는 이 땅이 하루 밤낮 사이에 가라앉았다고 하네요. 그렇게 하루 밤낮이었나요?

영 : 아니.

올 : 그럼요?

영 : 그 땅은 오랫동안 가라앉았다.

올 : 다른 땅들보다 오래 걸렸네요.

영 : 아니, 지금까지 말한 것보다는 오래 걸렸다.

올 : 네, 당신의 말이 맞네요. 아직 나는 듣지 않은 땅이 더 있으니까요. 얼마 동안 가라앉았나요?

영 : 그건 며칠 걸렸다.

올 : 더 자세히는요?

영 : 하루, 이틀, 사흘 그리고 나흘 그리고 하루 밤낮.

올 : 그럼, 닷새네요.

영 : 아니, 더 있다.

올 : 얼마나요?

영 : 오 일보다 더 있다. 몇 시간 더 있다.

올 : 그랬군요. 전설에 의하면, 또 심한 지진과 화산활동으로 가라앉았다고 했어요. 심한 지진과 화산활동이 있었나요?

영 : 틀리다.

올 : 물론, 지진과 화산활동 때문에 가라앉은 것이 아니라는 것은 알아요. 지구 흔들림 때문에 가라앉은 것이니까요. 그러나 지구 흔들림으로 인해 화산활동과 심한 지진이 있었나요?

영 : 아니, 비슷하다. 그러나 아니다.

올 : 어땠었는데요?

영 : 화산활동 아니다.

올 : 화산은 아니었군요. 지진은 당연히 있었을 거고요.

영 : 그래. 지진은 모든 땅에 있었다.

올 : 알겠어요. 그 땅의 주민은 사는 곳을 '아틀란티스'라고 불렀었나요?

영 : 아니.

올 : 비슷하게는요?

영 : 아니.

올 : 그 땅에는 몇 민족이 살았었나요?

영 : 하나 그리고 또 하나 그리고 또 하나 그리고 또 하나.

올 : 넷이네요?

영 : 그래.

올 : 지금까지 알려 준 민족들보다 더 발달한 문화를 가졌었나요?

영 : 아니.

올 : 마야 잉카의 조상들과 비교한다면요?

영 : 그들보다 더 떨어진다.

올 : 그랬군요. 평화롭기는요?

영 : 그들보다 떨어진다.

올 : 네, 알겠어요. 그 땅에서 살아남은 사람들이 있나요?

영 : 아니.

올 : 모두 몰살당했어요?

영 : 그래.

올 : 며칠이나 걸려서 가라앉았는데요? 왜 도망을 간 사람이 없는 거죠?

영 : 하지만 그들은 도망을 갈 수가 없었다. 바다가 다 가라앉았기 때문이다.

올 : 땅이 가라앉았다가 아니라 '바다가 다 가라앉았기 때문이다.'라고 하시네요. '바다가'라고 한 이유가 있나요?

영 : 땅은 당연히 가라앉았다.

올 : 그렇지요. 바다는요?

영 : 바다는 가라앉았다.

올 : 그것을 설명해 주세요. 바다는 왜 가라앉았는데요?

영 : 바다도 가라앉았다.

　　하지만 그것은 어떤 이유에서 가라앉았다.

올 : 어떤 이유였나요?

영 : 땅이 무너져 내려서 수위가 높아졌다. 그래서 가라앉았다.

올 : 수위가 높아졌다가, 다시 얼마만큼 내려간 것을 말하나요?

영 : 아니.

올 : 좀 더 설명이 필요해요.

영 : 바다가 있는 곳이 아니라 바다가 없어졌다.

올 : 배를 띄울 수 없이 진창과 비슷한 정도라고 해야 할까요?

영 : 그보다 더 심했다.

올 : 어떻게요?

영 : 바다가 아니라 바다가 없다.

올 : 네, 알겠어요. 그 땅과 그 주변은 다른 곳에 비해 더 심한 편이
     었나요?

영 : 비슷하다.

올 : 배로 도망칠 수 있는 여지가 좀 있었던 땅도 있고, 전혀 없었던
     땅도 있었군요?

영 : 그래.

올 : 참담했네요. 질문을 마칠게요.

우리는 마치는 말들을 나누었다.

                                                    2013. 3. 31.

〈독자와의 대화〉

독 : 현실계의 삶이 끝나고 혼령계에서 덕을 쌓을 수 있는 방법이 있

으면 알려 주시기 바랍니다. 저승영계에서의 심판의 결과가 좋게 나올 수 있도록 무언가 할 수 있는 것이 있으면 좋겠습니다.

올 : 혼령계에서 악행을 하지 않고 누군가를 도우면 됩니다. 그러나 혼령계에서 현실계의 누군가를 도울 수 있으려면 현실계에서 선업을 지어 놓아야 힘을 사용하기가 쉽습니다. 그곳에서 현실계로 무언가를 보내도, 오며 사라지기도 하니까요. 그래서 조상님이 후손을 위해 보내도 그 음덕을 받지 못하는 경우가 많습니다. 결과가 좋은 선업이어야 합니다. 그것이 많으면 많을수록 좋지요. 다른 사람의 삶을 좋게 변화시키는 것도 좋은 선업입니다.

독 : 다른 글에 쓰셨을 때는 아틀란티스나 뮤 대륙이 사람이 만들어 낸 허구라고 하셨는데, 여기에는 아틀란티스 대륙의 존재에 대해서 쓰셨네요. 왜 그런 거죠?

올 : 아틀란티스나 뮤 대륙은 얘기가 복잡합니다. 결론부터 말하면 그건 없었습니다. 그러나 있는 곳도 있었으니 완전히 없다고 말할 수도 없는 노릇입니다. 지구의 역사에 그런 일은 곳곳에 있었고, 시간들에도 띄엄띄엄 있던 일이니까요. 물질계는 3차원이지만, 그 외도 여러 차원이 있습니다. 이 아틀란티스와 뮤 대륙 그리고 요괴, 요정들이 있는 얘기는 차원과는 또 다른 비슷한 것에 있게 되고, 그것을 실제로 느끼거나 믿거나 보는 사람들이 있었습니다. 이런 것들이 있는 세계가 물질계 위에 살짝 덮여 있다고 생각하면 설명이 비슷할 겁니다. 3차원에서 일어나지 않은 것은 분명하고, 후세 사람은 믿는 이가 많을 수도 믿지 않는 이가 많을 수도 있고, 영체들이 보기에는 두 세계가 다 있으나 진위를 확실히 알 수 있는 것, 그것이 바로 그런 일들입니다. 글에서는 그런 아

틀란티스를 말한 것이지만, 또 다른 이유도 있었습니다. 질문으로 다시 한 번 확인하려 한 것이었어요.

독 : 그렇다면 아틀라스나 뮤 대륙은 다중우주, 평행우주로 보아야 하는 건가요? 우리의 시간이 흘러가지만 다른 세계의 시간도 같이 흘러가고, 우리 공간에 그 시간이 함께한다는 것인가요? 평행우주론이 실제로 있을 수도 있겠네요? 신기해요.

올 : 아틀란티스와 뮤 대륙이 다중우주, 평행우주는 아니에요. 별들이나 차원의 시간은 다르게 흘러가지요.

45

천재와 영재는 전생에도 그랬을까

올 : 천재는 전생 삶의 결과와 현생 부모의 유전적 요인으로 만들어
    지나요?

영 : 아니.

질문 내용 전체가 맞는 것은 아니었다.

올 : 그렇다면 어떻게 생기는 것인가요?

영 : 천재는 '다른 것'에 의해 만들어진다.

'다른 것'의 안의 말을 설명하면, 그것이 안의 말이 된다.

올 : 설명해 주겠어요?

영 : 그래.
    천재의 전생은 이러하다.

그들의 전생은 살고 있는 대로 산다.

하지만 그들의 삶은 남과 다르다.

그래서 그들의 삶은 '많은 것을 하려 했다'.

그래서 천재는 생겨난다.

올 : 전생의 결과로 얻은 혜택이군요?

영 : 그래.

올 : 남과 다른 것은 어떤 점인가요?

영 : 그들의 삶은 이타심으로 가득하다.

올 : 알겠어요. 만일 그들이 그 천재성을 현생에서 옳지 못한 것에 사용한다면, 그들의 사후 삶과 후생이 어찌될지 알려 주겠어요?

영 : 그들은 그것에 대한 대가를 치러야 한다.

올 : 네, 그렇지요. '많은 것을 하려 했다'는 것은 이타심을 갖고 있기만 한 것이 아니라 많은 것을 시도했다는 얘기인가요?

영 : 그래. 그리고 결과가 좋아야 한다.

올 : 네, 역시 그렇겠지요. 첫 질문했을 때 질문 내용 전체가 맞는 것이 아니라고 하셨는데, 부모 중 누군가의 유전인자가 자녀의 천재성이 생기는데 일조를 하는 건가요?

영 : 아니.

올 : 현실계에서는, 사람의 지능 중 선천적인 요인은 많은 부분이 부모로부터 온다고 하거든요. 이것은 맞는 걸까요? 천재를 제외한다면.

영 : 아니.

올 : 아니라고 하는 이유는요?

영 : 그런 것은 영계의 사람이 결정한다.

올 : 그렇군요. 다들 잘못 알고 있었네요. 정하는 기준은 전생의 결과인가요?

영 : 아니.

올 : 어떤 것이 기준이 되나요?

영 : 대개는 전생의 결과로 정한다.
그리고 '다른 것'도 있다.

올 : '다른 것'의 안의 말을 알려 주세요.

영 : 영체가 정한다.

올 : 그 생에서의 환경 중 하나로 선택하는 것일 뿐인가요?

영 : 아니.

올 : 기준이 영체마다 다를까요?

영 : 그것은 스스로 정하는 것이다.

올 : 알겠어요. 그러면 부모의 지능이 좋지 않아도 뛰어난 아이를 낳을 수 있다는 얘기도 되네요?

영 : 그래. 그러나 그건 또 다른 얘기다.

올 : 그렇지요. 부모의 지능이 너무 좋지 않으면 아이를 양육하는 데 문제가 생기기도 하니, 아이의 영체가 선택하는 환경에 그런 부모가 있다면 그런가요?

영 : 그래.

올 : 또 다른 이유로 천재성이 주어지는 것도 있나요?

영 : 아니.

올 : 영재도 같은 원인으로 생기나요?

영 : 영재는 다르다.

올 : 전생에서 그 분야의 재능도 있어야 하는 것인가요?

영 : 아니.

올 : 재능은 없어도 할 줄은 알아야 하나요?

영 : 아니.

올 : 전생의 결과로 얻은 혜택인 것은 같겠지요?

영 : 그래.

올 : 결과 차이인가요?

영 : 아니.

올 : 영재가 되는 다른 요인은요?

영 : 영재는 '이렇게' 되어 생긴다.

올 : '이렇게'의 안의 말을 알려 주세요.

영 : 영재는 '많은 것'을 해야 한다.

올 : '많은 것'이 전생에서의 것인가요, 아니면 영체가 많은 것을 선택
　　한다는 뜻인가요?

영 : 그것은 영체가 정하는 것이다.

올 : 환생 전에 정하는 여러 가지요?

영 : 그래.

올 : 알겠어요. 이것도 부모의 두뇌에서 오는 유전적인 것과는 별 관
　　련 없겠지요.

영 : 그래. 하지만 다른 조건으로는 천재 때와 같다.

올 : 네. 사후 삶의 결과가 천재나 영재와는 관련이 없지요?

영 : 그래, 없다.

올 : 사람의 사후에 영체가 머무는 영계에서의 삶의 결과도 관련이
　　없지요?

영 : 그래, 없다.

올 : 어떤 질문을 하면 사람들에게 도움이 더 될까요?

영 : '<u>이런 것</u>'은 질문하면 된다.

'이런 것'의 안의 말은 '사람들에게 도움이 되는 것은 무엇인지'이다.

올 : 사람들에게 도움이 되는 것이 무엇인가요?

영 : 사람들에게 도움이 되는 것은 '<u>무언가</u>' 있다.

올 : '무언가'를 설명해 주세요.

영 : 그래. 사람들에게 말하면 된다.

　　현생에서의 삶이 후생을 결정한다.

올 : 알겠어요. 알려 주어서 고마워요. 얘기 마쳐도 될까요?

영 : 얘기 마쳐도 된다.

2013. 4. 2.

(이 글은 독자의 질문에 의해 쓰였습니다.)

46

사람들이 현생에서 어떻게 살면 복을 받을까?
- 사후생과 후생에서

　사람들이 사후생과 후생에서 복을 받으려면 현생을 잘 살아야 한다. 사후에 누구나 겪는 심판과정에서는 그 사람 생전의 것을 기록한 기록장치 두 개가 넘겨져서 판결에 쓰인다. 이 말에서 주의해 들어야 할 것은 그중 하나가 '결과를 기록하는 기록장치'라는 것이다. 바로 이것이, 여러분이 사후생과 후생에서 복을 받는 비밀의 열쇠이다. 그렇다고, 또 하나의 기록장치인 삶을 기록하는 것이 허술하다거나 별거 아니라는 생각을 가져서는 안 된다. 여러분은 사후에 그 심판에서 심판관들과 그것을 같이 보게 될 것이다. 이 두 기록장치들은 전생과 혼령계에서의 삶을 기록한다.

　올 : 현생 사람들의 행위로 후생에서 받을 수 있는 복을 알려 주겠어요?
　영 : 질문하면 된다.
　올 : 네. 자신을 내어 정성으로 걸인과 같은 사람들을 돌보는 이들이 있지요. 수도자, 성직자의 경우는요?

영 : 그렇다면 그곳을 살펴야 한다.

올 : 이들이 수도자나 성직자로서의 고아한 삶을 버려 두고 자신을 희생하며 봉사하는 이들이라면요? 물론 종교 불문이고요.

영 : 그들은 복을 베풀었으니 덕을 받아야 마땅하다.

올 : 네, 그렇지요. 현생에서 그런 이들이라면 그들이 후생에 받을 수 있는 복들에는 어떤 것이 있나요?

영 : 그들이 후생에서 받을 수 있는 복은 '여러 가지'이다.

올 : '여러 가지'의 안의 말은요?

영 : 많은 복 중에 이런 것들이 있다. 풍요로운 것.

내가 '연예인의 인기로 얻는 것도 그러할까?'라고 생각했더니, 생각을 읽은 그가 말했다.

영 : 인기로 인해 얻는 혜택은 아니다.
　　삶에 생기는 여러 가지 환생의 조건들.

올 : 수도자나 성직자도 아닌데 그렇게 헌신하는 사람은 그들과 어떤 차이의 혜택을 받나요?

영 : 그 사람은 그들보다 더 혜택을 받을 수도 있다. 그러나 덜 받을 수도 있다.

올 : 그것을 결정짓는 것은 어떤 요인인가요?

영 : 선행의 양, 그리고 결과.

올 : 네, 알겠어요. 자원봉사자도 역시 선행의 양과 결과에 따라 정해지나요?

영 : 그렇지만 그들보다 자신을 덜 내어 주었으니 덜하다.

올 : 수도자로 그런 삶을 살다가 도중에 힘에 부치거나 하여 그만두었을 경우에는요?

영 : 그런 사람이 있다고 해도, 그것은 그 사람의 선행에 따라 결정된다.

올 : 네. 기부에 대해서도 알려 줄 필요가 있다고 생각해요. 제대로 선행에 쓰일 곳이라는 것을 알면서 돕기 위해 기부를 한 것이라면 어떤가요?

영 : 그런 곳이 있다면 그곳에 기부한 것은 좋은 일을 한 것이 된다.

올 : 네. '묻지마 기부'라는 것도 있잖아요. 어떻게 쓰이든 말든 상관없이, 기부한 행위 자체를 드러내고자 기부하는 것이지요. 이것은 악용될 수도 있고, 잘 쓰일 수도 있으니 결과가 나쁠 수도 있고 좋을 수도 있지요.

영 : 그것은 결과가 좋으면 복을 받을 것이고, 결과가 나쁘면 악행으로 기록될 것이다.

올 : 기부하는 마음의 자세는 전혀 아닌데요?

영 : 그렇지만 결과는 좋다.

그는 대화를 할 때 '그렇지만', '하지만', '그래서'로 시작하곤 한다. 그것은 그가 온 별에서의 대화 방식이다. 그의 말을 풀어 쓰면 '기부하는 마음의 자세는 전혀 아니라 해도 기록장치에 선행으로 기록된다.'이다.

올 : 마음자세의 정도에 따라 차이는요?

영 : 그것은 앞의 기록장치에 기록된다.

올 : 네, 그렇지요. 나쁘게 쓰일 것을 알면서도 자신의 명예나 세금문

제로 기부하는 것도 있지요.

영 : 그것은 두 기록장치에 많은 것이 악행으로 모두 기록된다.

올 : 네, 이런 것을 사람들이 경계해야 하겠지요. 방송 등을 통해 계몽 등으로 사람들을 선하게 이끄는 사람들이 있지요. 이것을 진행하는 사람은 어떤가요?

영 : 그 사람은 그렇게 한 행위로 인해 복을 받는다.

올 : 그 사람이 계몽을 하면서 주의할 것이 있다면 어떤 것이 있을까요?

영 : 그 사람은 '많은 것'을 해야 한다.

올 : '많은 것'의 안의 말은요?

영 : 그 사람이 주의해야 할 것이다.

　　억울한 사람이 나오지 않도록 잘 살펴서 해야 한다.

올 : 그렇게 되면 선행과 악행이 같이 기록되겠군요?

영 : 그래, 그렇게 된다.

　　그렇지만 앞의 기록장치엔 그 이유가 담길 것이다.

올 : 그 계몽 프로그램을 기획한 감독이나 연관된 사람들은 어떤가요?

영 : 그 사람들은, 그것의 행위와 기록을 보고 결정된다.

올 : 네. 사람들에게 더 좋은 것을 공급하기 위해 좋은 먹을거리를 만들어 장사하는 사람과, 그런 농사를 짓는 사람은요?

영 : 그들은 그 나름대로 복이 있다.

　　하지만 그들은 장사로 인해서이다.

올 : 네. 장사를 위해서이나, 자신이 더 수고하고 덜 이익을 보면서 남을 위하는 선한 마음의 소유자들이지요.

영 : 그러니 그들은 당연히 복을 받아야 한다.

올 : 네. 다른 사람이 먹는 것에 장난질로 침을 몰래 뱉는 등의 행위

는 어떤가요?

영 : 그것은 '둘 다' 악행이다. 그것은 벌을 받아야 마땅하다.

여기에서 '둘 다'의 안의 말은 '기록장치 둘 다'를 뜻한다.

올 : 네. 무속인의 경우에, 자신에게 온 사람들을 배려하고 보듬어 잘
　　인도해 주는 무속인은 어떤가요?

영 : 그들은 영업이다.

올 : 네. 그들의 영업이지만, 자신의 신세를 비관하며 갈취하고 함부
　　로 사람을 대할 수도 있지요. 그런 상황에서, 선하게 영업하며
　　좋은 길로 인도하려는 선택을 하고 행했다면요?

영 : 그것은 그들의 선택이지만 선한 행위를 하여, 기록장치에 기록
　　되고 복을 받는다.

올 : 갈취하고 함부로 저주하면 그것은 악행으로 두 기록장치에 다 기
　　록되겠지요?

영 : 그래. 그것은 '혼령계에서와' 현생의 것이 다 기록되고 그것이 연
　　유가 되어 벌을 받는다.

올 : 사후 혼령계에서의 것도 기록되는 것은 알고 있지만, '혼령계에
　　서와'라고 하신 것은 무속인의 직업상 귀신세계도 같이 다루기
　　때문인 게지요?

영 : 그래, 그들은 귀신과 소통한다.

올 : 네. 살인을 한 사람이 후생에서 받을 수 있는 벌은 어떤 것들이
　　있나요?

영 : 그런 사람이 있다면 그 정도에 따라 다르다.

올 : 네, 어떤 것이 있나요?

영 : 정도에 따라 작은 것과 큰 벌이 있다.

올 : 작은 것은요?

영 : 그 사람의 환생에 악행이 추가된다.

올 : 악행의 결과가 추가되는 건가요?

영 : 아니.

올 : 좀 더 설명을 해주세요.

영 : 그 사람이 악행을 저지르도록 마련된다.

올 : 악행을 저지르도록……? 그러면 그다음의 사후 삶과 후생은 악
   업의 기록이 자동 예약되는 셈인데요?

영 : 그래, 그렇게 된다.

올 : 악행은 저지르도록 마련은 되지만, 스스로의 의지로 벗어날 수
   도 있나요?

영 : 아니.

올 : 그것이 쌓이고 그런 사람들이 많아지면 미래세계는 갈수록 그런
   자들이 늘어나게 되잖아요?

영 : 그렇지만 선행을 해서 죄를 덜어야 한다.

올 : 죄를 던다면, 다음 생에서는 굴레에서 벗어날 수 있는 건가요?

영 : 하지만 이미 악행이 예약되어 있다고 네가 그랬다.

올 : 죄를 던다면, 그러기 위해 선행을 많이 한다면, 다음 생에서는
   예약된 악행이 있다고 해도 더불어 복도 예약된 셈이 되겠지요?

영 : 그래. 그러면 경감된다.

올 : 악행은, 영격이 아주 낮은 다른 별에서 와서 환생한 사람들이 저
   지르기도 하잖아요. 잔혹 범죄 같은 것들을요.

영 : 그들은 또 다른 사람들이다.

올 : 알겠어요.

올 : 살인을 한 사람이 후생에서 받게 되는 벌 중 큰 것에는 어떤 것
    들이 있나요?

영 : 큰 벌은 '이런 것'들이 있다.

'이런 것'의 안의 말은 '설명하면 그것이 안의 말이 된다.'이다.

올 : 안의 말을 들려주세요.

영 : 많은 것이 있다.

    현생에서 사람이 죽으면 그 사람은 살인을 한 것이 된다.

    그렇지만 자기를 살해하는 것은 다르다.

    하지만 여기서는 많은 사람을 살해한 것을 질문했다.

올 : 그랬지요.

영 : 많은 사람을 살해한 사람은 '다음 것'을 해야 한다.

올 : '다음 것'의 안의 말은요?

영 : 말하면 된다.

올 : 네.

영 : '많은 것'을 해야 한다.

올 : '많은 것'의 안의 말은요?

영 : 설명하면 된다.

올 : 네.

영 : 그 사람이 환생해서 겪을 일을 말하면 된다.

올 : 그 영체가 정할 환생 환경이지요?

영 : 비슷하다.

올 : 환생 환경도 포함되나요?

영 : 그래.

올 : 또, 살면서 겪게 될 일이 미리 정해져 있는 것도 있겠지요?

영 : 그래.

올 : 그 영체는 어떤 것을 정하나요?

영 : 여러 가지 중에 예를 든다면 '이런 것'이 있다.

　　악행이 예비되어 있다.

올 : 작은 벌도, 악행이 예비되어 있었어요. 큰 벌은 그 악행의 정도
　　가 더 큰 것이 되나요?

영 : 맞다.

올 : '이런 것'의 안의 말에는 악행이 예비되어 있는 것 외에 다른 것
　　도 있나요?

영 : 아니.

올 : 알겠어요. 자살자가 후생에서 겪는 벌을 알려 주세요.

영 : 자살자는 후생에서 만들어진다.

올 : 무엇이 만들어지나요?

영 : 그들의 삶의 좋지 않은 것이 기록되어 기록에 남겨지게 되고, 후
　　생에서 좋지 않은 조건이 만들어진다.

올 : 네, 알겠어요. 동료를 따돌리며 괴롭히는 사람들이 있는데요. 이
　　들의 후생에서는 어떤 벌이 조건으로 있게 되나요?

영 : 그것은 악행으로 '둘 다' 기록된다.

여기에서의 '둘 다' 또한 안의 말은 '기록장치 둘 다'이다.

올 : 그래서 후생에서 좋지 않은 조건이 추가되나요?

영 : 그 벌의 정도에 따라 그렇다.

올 : 그렇게 해서 누가 자살했다면 그 결과는 양쪽 다 모두 사후 삶과 후생에 문제가 생기는 거네요.

영 : 그렇게 된다.

　　하지만 그렇게 되지 않도록 노력해야 한다. 사람들 모두.

올 : 네. 궂은일을 하여서 거리를 깨끗이 해주는 환경미화원들은 자신의 직업이기는 해도 많은 사람들이 그 덕을 보는 셈인데요. 이들의 기록은 어떻게 될까요?

영 : 그것은 그대로 기록된다.

올 : 결과의 기록에는요?

영 : 그것도 기록된다.

올 : 사후 삶과 후생에서 복이 되겠네요.

영 : 그래, 그렇게 된다.

올 : 잘됐네요. 소방공무원으로 근무하면서 사람도 구해 내고 재앙도 줄이는 사람은 어떤가요? 직업이기는 하지만요.

영 : 그래, 그들도 결과에 따라 다르다.

올 : 네. 사람들이 가진 직업에 종사하면서도 선행과 악행을 선택할 수 있다는 것을 알리고자 했어요. 그 선택으로 사후 삶, 그리고 다음 삶의 환생조건이 달라질 수 있는 것도요. 오늘 알려 주어서 고마워요.

나는 질문을 마쳤고, 우리는 마치는 말들을 했다.

(이 글은 독자의 질문에 의해 쓰였습니다.)

〈독자와의 대화〉

독 : 혼령계나 저승영계에 가서 현실계의 사람들을 만나면 반갑나요? 아니면 무덤덤한가요?

올 : 혼란기를 거칩니다. 자신의 종교나 믿는 바대로 되는 것도 있지만, 아닌 것이 더 많기 때문이지요. 그리고 아직 자신이 살아 있다고 생각하는 혼령들도 있습니다. 살아 있는 사람이 자신을 알아볼 수 없는 것 때문에 혼란과 슬픔을 느끼는 혼령도 있지요. 현실계의 사람을 만났을 때의 반응은 혼령에 따라 다르고, 상대방인 사람에 따라 다르지요.

독 : 저승영계에서 현실계의 일을 가지고 이야기하면서 말다툼도 있을까요?

올 : 저승영계에서 현실계의 일을 가지고 다투지는 않아요. 그들은 사후 심판을 거친 혼령들이니까요. 그러나 혼령계에서는 다르지요. 사후 심판이 있는 것도 모르고 있어요. 그러나 〈혼령들의 세계 들여다보기〉를 한 번이라도 읽은 독자들의 미래는 다를 것입니다.

독 : 다음 생에 악행이 예약되어 있다는 것은 어찌 보면 평화로운 현실계를 방해하는 요소이기도 합니다. 악행이 예약되어 있는 삶은 지옥계보다도 더 힘든 고통의 시간이 되기 때문에 그렇게 결

정한 것인가요? 이 부분은 납득이 잘 안 가네요.

올 : 우주의 법칙이고 그대로 행해지고 있으니, 세상에 사는 사람들로서는 안타까운 상황이고 무서운 세상이 될 수도 있어 힘든 일입니다. 악행이 예약되어 있다는 것은, 다음 생으로 끝나지 않는다는 말이니까요. 현생을 살고 나서 사후심판을 통해 그에 대한 대가를 치르고, 다음 생의 환생 환경에 악행을 저지르도록 예약되고, 그것의 죄악에 대해 사후심판을 받고, 그 죄로 또 다음 생에…… 그래서 그것은 무서운 일입니다. 댓글의 질문 내용이 ,예약되는 이유에 해당되느냐고 했더니, '영계의 사람'은 아니라고 합니다.

독 : 장애를 가지고 태어나는 삶을 사는 사람의 전생은 어떠한지요?

올 : 장애를 가지고 태어나는 것은 환생 환경에 의한 것입니다.

47

지구 흔들림 때, 한국 민족은 어디 있었나

올 : 한국 민족은 지구 흔들림 때 어디에 있었나요?

그가 지도에서 가리킨 곳은 미국 땅이었다.

올 : 지금으로 본다면 미국의 어디 지역인가요?

그가 선을 그려 표시한 곳은 미국 전체, 위로는 캐나다 남부 조금, 아래로는 멕시코의 3분의 2 정도였다.

올 : 미국의 서해안에 가라앉은 땅에도 한민족이 산 부분이 있었나요?
영 : 여긴 아니었다. 한민족은 본토.
올 : 미국의 동해안과 아래인 멕시코 만에 가라앉은 땅은 어떤가요?
　　거기도 한민족이 살던 땅이 조금 있었나요?
영 : 여긴 바다 아니었다.

그가 가리킨 부분은 미국의 동쪽인 대서양쪽 바다 조금이었다.

올 : 여긴 땅이었어요?

영 : 그래.

올 : 여긴 한민족이 살았었나요?

영 : 그래.

올 : 멕시코 만에 가라앉은 땅에는 어떤가요? 다른 민족이 살았었지만 한민족도 조금 살았었나요? 멕시코 중부에도 한민족이 살았다니까요.

영 : 여긴 다른 민족이 살았었다고 알려 주었다.

그는 '여긴'이라고 말할 때 멕시코 만을 가리켰다.

올 : 네, 그러셨지요. 그냥 일부는 살았었지 않았을까 해서요. 일부도 안 살았나요?

영 : 그래. '여긴 다른 땅.

그는 '여긴'이라고 말하며 멕시코 만을 가리켰다.

올 : 네, 알겠어요. 한민족의 땅은 거의 그대로인 셈이네요. 사망자는 적었겠네요. 그랬나요?

영 : 하지만 거기도 흔들렸다.

올 : 여기(오대호)가 그때는 땅이었었나요?

영 : 아니, 물이었다.

올 : 흔들렸기는 해도 무너진 곳은 적은데 왜 옮겨 온 걸까요?

영 : 그건 그들의 생각이다.

올 : 그렇긴 하지요. 땅이 가진 에너지가 사람과 동식물에 미치는 영향이 있는데, 이곳에 살 때는 한민족의 체형이 지금(2013년)과는 달랐겠지요?

영 : 아니, 별 차이 없다.

올 : 어째서요?

영 : 하지만 그건 긴 세월 살아야 그렇게 된다.

올 : 한민족이 미국 땅에 오래 산 것은 아니었어요?

영 : 거기서 오래 살았다.

올 : 알겠어요. 그래도 지금보다는 더 키가 컸겠지요? 평균치가요.

영 : 대략 지금보다는 얼마간 더 컸다.

올 : 알려 줄 수 있으세요?

영 : 그래. 대략 23㎝ 정도.

올 : 피부는 어땠었나요? 인종으로 보면 황인종이지만 기후나 바람 등이 차이가 있을 테니까, 어땠을까 해서요.

영 : 그때는 지금보다 피부가 더 하얬다.

올 : 네, 그랬군요. 지구 흔들림은 사람과 그 외 것들의 목숨도 많이 잃게 했지만, 민족들의 운명도 생김새도 많이 바꾸었네요. 그럼 평화로움은 어땠나요? 마야 잉카의 조상을 기준으로 한다면…….

영 : 그들보다 뒤떨어졌다.

올 : 많이요?

영 : 아니, 조금.

올 : 네, 그랬군요. 과학과 문명은 어땠나요?

영 : 과학은 뒤떨어졌다.

올 : 많이요?

영 : 아니, 더 많이.

올 : 문명도 그럼 뒤떨어졌을까요?

영 : 그래.

올 : 그렇지만 글을 사용했었나요?

영 : 아니.

올 : 그랬군요. 그들도 알래스카를 통해 중국 땅으로 이동한 건가요?

영 : 그렇지만 그것은 대부분 건너온 경로였다.

올 : 네. 역시 그들도 그 길을 온 거네요. 단군이 태어나 민족을 다스리기 시작한 곳은 양쯔 강 유역이었고, 지금의 간저우와 우한 사이였어요.

그가 다스린 땅의 중심지가 간저우와 우한 사이에 있었다.

올 : 신단수도 그곳에 있었고, 제사는 신단수 아래서가 아니라 들 비슷한 곳에서 지냈었다고 그러셨지요. 넓은 미국 땅에서 온 한민족이 양쯔 강 유역에서만 살지는 않았을 텐데요. 어디까지가 한민족이 살던 땅이었나요?

그는 지도에 표를 해주었는데, 북으로는 바이칼 호도 들어 있었고 아무르 강 위쪽까지였고 사할린 섬도 거의 포함되어 있었다. 그리고 동으로는 일본, 남으로는 필리핀, 브루나이, 베트남, 캄보디아, 미얀마, 서로는 중국, 우르무치, 그리고 몽골의 대부분인 넓은 땅이었다.

> 올 : 이 땅(일본)에 살던 고대 인도인이 가고 난 후에 한민족이 살게 된
> 것이겠군요?
> 영 : 그래. 그래서 그 땅은 또 다시 주인이 바뀌었다.
> 올 : 이렇게 넓은 땅에 살던 한민족의 많은 이들이 오랜 세월 살아 내
> 려오면서 저마다 다른 곳으로 흡수되어 버린 것인가요? 한반도
> 쪽을 빼고는 말이에요.
> 영 : 그러나 이때는 다 넓게 살았었다.
> 올 : 네, 알겠어요. 미국 땅에 남아 있게 된 한민족도 있었나요?
> 영 : 아니.
> 올 : 이 땅(중국 등)에 오는데 대략 얼마 정도가 걸린 건가요?
> 영 : 500년 정도.
> 올 : 알겠어요. 이 땅에 살면서 더 퇴보한 건가요?

땅의 에너지 차이도 있고, 단군왕검 무렵에 많이 퇴보한 상태였기에
그런 질문을 했다. 물론, 땅의 에너지만으로 상태가 정해지는 것은 아
니다.

> 영 : 하지만 과학으론 더 퇴보했다. 그것은 모든 지구인이 다 그랬다.
> 올 : 그랬겠군요. 다시 시작하는 셈이니까요. 알겠어요.

나는 질문을 마쳤고, 우리는 마치는 말들을 했다.

2013 4. 7.

〈독자와의 대화〉

독 : 흔히들 무속인이나 사람들은 사람이 죽으면 중천에 간다고 하잖
　　아요. 중천은 영하 40도에 의식주를 해결 못한다고 하는데, 자세
　　히 알려 줄 수 있나요?

올 : 중천이 혼령계입니다. 중천이라고 믿는 사람들이 있지만, 그것
　　은 표현이 다를 뿐이지요. 이 중천을 믿는 사람들은 혼령계에 이
　　르러 그곳이 중천이라고 생각하게 되고, 중천에 맞게 그곳의 환
　　경을 창조해 냅니다. 혼령계에서는 현실계보다 창조가 훨씬 더
　　쉽거든요. 그러니 그들이 영하 40도라고 믿으면 그 추위에 떨어
　　야 하죠. 의식주는 필요 없지만, 필요하다고 생각하면 배도 고
　　파서 먹을 것을 필요로 하지요. 그 외의 것도 마찬가지이고요.

독 : 혼령계에서는 현실계보다 창조가 훨씬 더 쉽다고 하셨는데요.
　　이유가 뭐예요?

올 : 차원들 중 창조가 가장 더딘 곳이 현실계예요.

독 : 알파파, 베타파, 감마파…… 이런 것들이 혼령계 사람들에게도
　　있나요?

올 : 알파파 등은 현실계 사람에게 해당되는 거예요. 혼령들에게는
　　아니에요.

독 : 현실계에서의 가상현실이라는 것과의 차이점은 어떤 게 있을까요?

올 : 가상현실에는 두 종류가 있어요.

1. 예언에 의해 이루어지도록 되어 정해진 가상현실(미래)

   이것은 미래에 현실이 되지요. 하지만 이것도 깨지고 다시 생기기도 해요. 왜냐하면, 관련된 사람들의 자유의지에 의해 지체되는 경우가 있기 때문이죠. 따라서 이는 예언이므로 더 큰 힘이 작용하여 바꾸어지지 않는 한 다시 조정되어서 이루어지지요.

2. 예지에 의한 것과 일반적인 가상현실

   이것은 미래에 현실이 되거나 깨어져 다시 다른 가상현실이 생겨날 수 있어요. 한 사람의 인생에서만이 아니라 가족, 단체, 지역, 국가, 지구 전체에서도 무수히 만들어지고 깨어지기도 하지요. 가상현실은 미래에 있을 현실(미래 그 시간에서 볼 때의 현실)이 미리 정해져 형성되는 거예요.

독 : 공상이 전생과 관련 있을 수 있나요? 꿈에서 공상 속 인물이 말하려고 한 적도 있어서…….

올 : 전생의 기록은 영체 안에 있는 영혼체부분에 있으니 영혼이나 영체가 알게 하지 않으면 알 수가 없어요. 그런 것을 알려 줄 때는 영감이나 전생퇴행, 그리고 꿈을 통해 알게 하는 방법을 주로 쓰지요. 아니면 명상이라든가……. 공상에서는 전생이 아닌 전생이라고 생각할 만한 것이 나올 수가 있지요. 그러니 그건 전생이 아니에요. 꿈은 쉬었다가 이어서 꾸기도 하고, 공상 속 인물이 말할 수도 있어요.

48

미국 · 캐나다 · 알래스카의 원주민은
어디서 왔나

올 : 한국 민족이 미국 땅에서 중국으로 떠난 후, 처음 들어온 사람들
　　이 원주민(인디언)으로 불리게 된 이들인가요?

영 : 그들이 아니다.

올 : 마야인이나 잉카인처럼 자리 잡기 위해 지나는 민족들을 말하
　　나요?

영 : 그들도 그곳을 거쳤다.

올 : 네. 그렇게 거치는 이들이 아닌 다른 민족을 말하려는 거였어요?

영 : 아니.

올 : 그럼, 거쳐 가는 민족들을 말했나요?

영 : 그래. 그들도 오래 머물렀다.

올 : 무얼 말하려는 거였어요?

영 : 많은 민족이 거쳐 갔다.

　　그래서 많은 민족이 그 땅을 지나갔다.

올 : 알래스카를 거쳐 유라시아 쪽으로 가는 민족들과, 그 반대로 간

민족들이 있었겠지요. 그런 민족들 다음에 정착한 이들이 인디
언으로 불리게 된 사람들인가요?

영 : 그래.

올 : 그랬군요. 이들은 같은 민족이었나요?

영 : 아니.

올 : 비슷한 지역에서 이주한 민족들인가요?

영 : 그래.

올 : 어디에서 온 민족들인가요?

그는 미국 본토를 지도에서 가리켰다. 거길 묻느냐는 뜻이었다.

올 : 네, 여기에 온 인디언은 어디에서 온 민족인가요?

영 : 여기?

올 : 네.

영 : 여기도 여러 민족.

올 : 네.

그가 선을 그려 표시한 곳은 아프리카 중간 부분, 그러나 현재의 지도
상으로 나타난 땅의 중심부는 아니었다. 사라진 땅과 합했을 때의 중심
부였다. 현재의 나라로 본다면 차드, 니제르, 코트니, 나이지리아, 중
앙아프리카, 자이르, 앙골라 등등이었다. 그렇지만 가라앉은 땅에서 살
아난 사람은 없다고 했다.

올 : 그때 여기(인디언들이 살던 곳, 아프리카) 살던 사람들은, 피부가 현

재의 아프리카 흑인보다는 황인에 속했었나요?

영 : 아니. 그보다 더 하얬다.

올 : 네, 알겠어요. 그렇다면, 캐나다에 살던 인디언도 아프리카 지
역에서 온 민족인가요?

영 : 아니. 다른 곳이다.

올 : 어디서 온 이들인가요?

그가 표시한 곳은 아프리카 남부였다.

올 : 그렇다면 알래스카 원주민은 어디서 온 사람들인가요?

영 : '여기'서 '일루도' 가고 '일루도' 갔다.

그는 '여기'라고 말하며 아프리카 남부와 중동부, 즉 탄자니아, 소말
리아, 케냐, 에티오피아 등등에 선을 그려 표시해 주었다. 그리고 이어
서 캐나다와 알래스카를 표시했다.

그가 '일루도'라고 말할 때, 나는 그 말이 '이리로'의 사투리라고 생각
했다. 나는 쓰지 않는 말이었기에 아마도 나의 바로 전의 생(이번 생에서
의 사명을 위해 한 번의 생이 한국에서 또 있었다)이 그런 말을 했었고, 그 기억
을 내 영혼체가 준 것인가 했다. 그래서 '일루도'가 사투리인가를 질문했
더니 영계어를 쓴 것이었다고 알려 주었다.

나는 질문을 마치기로 했고, 우리는 마치는 말들을 했다.

2013. 4. 9.

〈독자와의 대화〉

독 : 저승영계의 삶이나 후생을 잘 살려면 좋은 일을 많이 해야 한다는
것은 다 알고 있을 겁니다. 후생은 차치하고, 저승영계의 삶에 대
해서 궁금합니다. 현실계처럼 저승영계에서도 남들 사는 것들을
부러워하기도 하나요? 저승영계에서는 명당에 묻힌 혼령을 부러
워하나요? 선행을 많이 하면 저승영계나 혼령계에서 뭐가 좋은
지 와 닿는 것이 하나도 없네요.

올 : 저승영계에서도 남들 사는 것을 부러워하기도 합니다. 현실에서
돈을 많이 벌어 무엇을 사는 것처럼 저승에서도 다르게 사는 혼
령들이 있습니다. 현실에서 '돈'이라면, 저승에서는 돈 대신 사
용할 수 있는 것이 있기 때문입니다. 그것은 현실에서의 '선행과
그 결과'입니다. 그것으로 주어진 혜택은 현실의 돈과 같은 역할
을 하고, 돈보다도 더한 것을 가능케 합니다. 단칸 초가집을 겨
우 만드는 혼령도 있고, 번듯한 기와집을 만드는 혼령도 있어요.
자손이 힘든 것을 보고도 도울 수 없는 혼령도 있고, 잘 돌보아
주는 혼령도 있지요. 조상혼의 위치에서 나아가지 못하고 있는
데, 조상신이 되는 혼령도 있고요. 명당에 묻힌 것은 그저 그렇
고, 명당지기에 묻힌 것은 부러워합니다. 선행을 많이 하면 좋은
것에 대해서는 저승영계에 대해서는 설명했고, 혼령계도 비슷합
니다. 그러나 혼령계에는 좀 차이가 있습니다. 혼령계는 불확실
한 삶이라고 할 수 있고, 혼령들의 가치관에 차이가 있으니까요.
그러나 사후심판의 결과를 보고 나서는 달라져서 저승영계에서
는 평화롭게 살 수 있습니다.